雪野みゆ
ill. ゆき哉
冤罪で処刑された侯爵令嬢は今世では
もふ神様と穏やかに過ごしたい
JN248326

カトリオナ・
ユリエ・
グランドール（リオ）
冤罪で処刑され
時が戻った侯爵令嬢
レオン
（獅子ver.）
森の神 兼 土の神

「しっかりつかまっておれ」
「すごい！
本当に空を飛べるのね」

クリスティーナ・
エレイン・ヴィン・
フィンダリア
リチャード王太子の妹
リオの親友

リチャード・アレン・ヴィン・フィンダリア
フィンダリア王国の王太子
ジークフリート・ユーリ・グランドール
リオの兄
「カトリオナのことはリオって呼んでもいいかな？」

「『ああ、

マリー・
フォレースター
リオの専属侍女
癒される」

「……ごめんなさい。レオ……」
「黙って我のそばからいなくならないでくれ」
レオン（青年ver.）
森の神 兼 土の神

冤罪で処刑された侯爵令嬢は今世ではもふもふ神様と穏やかに過ごしたい

雪野みゆ　ill. ゆき哉

contents

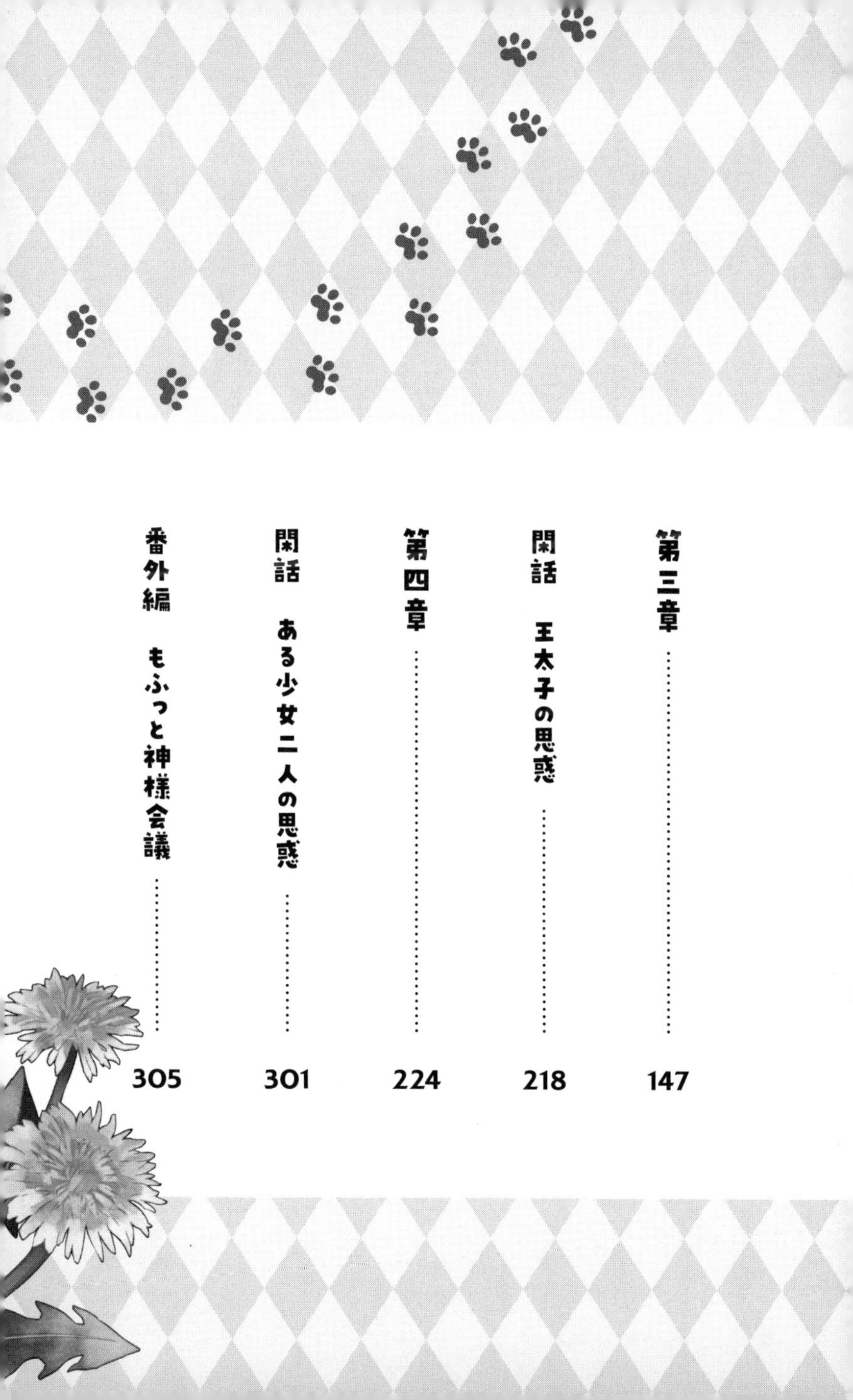

プロローグ

「カトリオナ・ユリエ・グランドール。何か言い残したいことはあるか？」

私は今、断頭台の前に立っている。これから私が処刑されるところだ。死刑執行人の問いかけに頷き、口を開く。

無実の罪で裁かれ、城の地下牢に放り込まれ、連日の拷問で身も心も疲れ果てたが、これでやっと終われる。最後の力を振り絞り、声を張り上げた。

「私は無実にもかかわらず裁かれます。最後に私を信じてくれた方々にお礼を申し上げます。本当に……ありがとう」

最後の言葉は私を助けようとしてくれた人たちへのメッセージだ。彼らが無事であることを祈らずにはいられない。

そして――。

断頭台の正面に設けられた特別席をきっと見据える。私を裏切った王太子殿下と彼の隣に座る女がそこにいた。女は王太子殿下の陰に隠れながら、嘲りの笑みを浮かべている。私を陥れた張本人は私の代わりに王太子殿下の婚約者となった。

王太子殿下も女と同じ嘲りの瞳を向けている。大好きだった青い瞳は侮蔑の色に染まっていた。

「ふざけるな！　この魔女め！」

「早く処刑しろ！」

見物人が罵声をあげ、私に向かって石を投げつけてくる。いくつか顔や体に命中するが、最早、痛みは感じない。

「それでは、祈りを……」

司教が祈りを捧げているが、私の心には響かない。儀礼どおりの祈りなど、これから死にゆく者に対して何の役に立つというのだろうか。

祈りが終わり、自ら断頭台へと向かう。

（どうか来世では穏やかに過ごせますように）

心の中で神様に祈る。あるのかも分からない来世に思いを馳せながら、断頭台に横たわり、静かに目を瞑る。

刃が落ちてくる寸前「リオ！」と呼ぶ声が聴こえた気がする。そこで私の意識は途絶えた。

◇◇◇

目が覚めると見慣れた景色が見えた。この可愛い花模様は子供の頃に使っていたベッドの天蓋ね。懐かしい。これが走馬灯というやつかしら？

「リオ！　目が覚めたのかい？　良かった。父様と母様を呼んでくるよ。だから、まだ起きてはだめだよ」

「お……おにい……さま？」

お兄様が幼い。ふふ。可愛い。二歳年上のお兄様は子供の頃は天使のようだったのよね。

これは確か私が七歳の時に、原因不明の熱で三日ほど寝込んだ時の記憶だわ。

それにしても体が怠い。手を額にあててみると熱い。走馬灯って感覚まで再現されるのかしら？

「リオ！」

お父様とお母様が扉をノックもせず、飛び込んでくる。ベッドに駆け寄ったお母様が私の手を握って、涙を流す。

「目が覚めてよかったわ。三日も熱が下がらなくて……心配したのよ。このまま貴女を失ってしまうかと……本当に良かった」

お父様は私の頭を撫でると、瞳を潤ませる。いつも冷静なお父様が泣くなんて……。

「お父様……お母様……」

父と母、兄にもう一度会えるなんて。十歳下の妹がいないのは残念だが、子供の頃の記憶だから仕方ない。

家族は私が処刑される前に、全員断頭台の露と消えた。妹はまだ七歳だったのに。家族は最後まで私を信じてくれた。そのせいで家は断絶されたのだ。

家族に会えた嬉しさで涙がこぼれた。涙の温かさまで伝わるなんて不思議な走馬灯だ。

「リオ？　苦しいのかい？」

心配そうに兄が覗きこんでくる。

「ううん。嬉しいの。また皆に会えてよかった」

「そうか。さあ。まだ熱は下がっていないんだ。少し眠りなさい」

「次に目が覚めたら、リオの好きな苺の果実水を用意するわね」

父、母、兄が順に額に口づけをしてくれる。温かい家族だった。まだこの走馬灯を見ていたい

のに、意識が遠ざかっていく。

◇◇◇

鳥のさえずりで再び目が覚めた。やはり見慣れたベッドの上だ。良かった。まだ走馬灯は続くのね。って！　走馬灯って意外と長いのね。いや。さすがにおかしいでしょ？

ベッドから起き上がると目眩がした。ふらつく体を叱咤して、必死に鏡の前まで歩いていく。

鏡を覗くと、そこには七歳の姿の私がいた。

処刑される前には、白銀の髪は艶を失い白髪と化し、青灰色の瞳は生気がなく、白磁のようだといわれた肌はかさかさだった。

鏡の中の子供は朝日に照らされた白銀の髪が輝いている。青灰色の瞳は子供特有の澄んだ目をしていて、肌はもちもちだ。

「え？　まさか？　時間が戻った？」

やっと事実に気づいた私は大声で「えぇぇぇぇぇぇ！　嘘でしょっっっっっ！」と叫んでいた。

第一章

「私は処刑されて死んだはずよね。なぜ時が七歳まで戻ったのかは分からないけれど、これはやり直しのチャンスだわ」

私はぶつぶつと独り言を言いながら、屋敷の近くの森を散歩している。

この森は瘴気に覆われているので、立入禁止だ。だが、前世の記憶が戻った私はあることを試してみたくて、意図的に森に入ったのだ。

同じ人生をやり直しているので、前の人生を前世と言うのもおかしいが、敢えて一度目の人生は前世、二度目の人生は今世と呼ぶことに決めた。

「さて、どんな結果になるかな?」

瘴気で枯れた木に手をあて魔力を送る。木が輝き、木肌はつややかになり、葉をつけ青々とした元の姿を取り戻す。

「やはり、私の魔法属性は『光魔法』のようね」

私の魔法属性である『光魔法』は枯れた植物を元の緑溢れる姿に戻すことができたり、人間の病気や怪我を癒すことができる。

生国であるフィンダリア王国は『神に守護された国』と言われ、国土は大陸一広く、富み栄えている。他国への貿易も盛んだ。

この国は王侯貴族から民まで皆、生まれた時に神から魔法を授かり、何かしらの魔法を使うことができるのだ。魔法の種類は火、土、風、水の四属性と光と闇がある。光と闇の属性を持つ者は希少で特別待遇されるのだ。

『光魔法』と『闇魔法』が特別待遇をされるのには理由がある。フィンダリア王国は建国から五百年の歴史があるのだが、建国当初は他国との領土争いが絶えなかった。だが、第五代国王の時代、『光魔法』と『闇魔法』両方の魔法属性を持つ女性が他国からの侵攻を退け、国を守ったのだ。女性は力を使い果たして、命を落としてしまったが、おかげで第五代国王の時代は平和な治世だったという伝説が残っている。

それ以降、『光魔法』もしくは『闇魔法』の魔法属性を持つ者が現れると、国を救った聖女として、王家に迎えるという習わしができたのだ。

十歳になると魔法属性判定を受ける儀式があるのだが、この『光魔法』のせいで王太子殿下の婚約者となり、前世の私の人生は狂ってしまった。今世ではそれだけは避けたい。儀式まであと三年。なんとかして属性を変えることができないかと模索することにした。

せっかく時が戻ったのだから、今度は穏やかに暮らしたい。

ああでもないこうでもないと考え事をしていると、草の陰から異形の者が現れる。獅子の頭に尾が蛇、背中には禍々しい黒い翼。

「キ、キメラ！」

「これは珍しい。光属性の『神聖魔法』を使う人間がいるとはな」

「キメラがしゃべった！」

キメラの中には知能が高いものがいるから、人語を解すのがいてもおかしくないけれど……。

「我はキメラではない。この森の神だ。森が瘴気に満ちてしまったので、我もこのような姿になり果ててしまったが……」

「神様……なの？」

「そうだ。人の子よ。ちょうど良い。『神聖魔法』を我にかけてはくれぬか？」

「『神聖魔法』？　私の属性は『光魔法』よ」

四属性と光と闇にも派生魔法はあるけれど、『神聖魔法』なんて聞いたこともない。

「ロストマジックだからな。今の世には使える人間はいないと思っていたが……」

森の神と名乗るキメラに恐る恐る近づき、手をかざすとキメラの姿が輝き出す。

「この姿に戻るのは二百年ぶりか。礼を言うぞ。人の子よ」

元の姿に戻った森の神は白い獅子の姿をしていた。たてがみが白銀に輝いて風になびく。翼はまるで天使のように白く、瞳の色は左目が青色、右目が金色のオッドアイだ。

「きれい……」

こんなにもふもふした美しい獣は見たことがない。まさに神にふさわしい姿だ。私はしばらく森の神に見惚れていた。

「ところで人の子よ。何か考え事をしていたようだが？」

「え？　ええ。魔法属性を変えることができないものかと思案していたの……です」

「敬語は使わずともよい。魔法属性を変える？　そのような素晴らしい魔法を持っているというのに、変えたい理由があるのか？」

真実を話していいものか迷ったが、相手は神様だ。信じても大丈夫だろう。

私は時が戻る前のこと、時間が戻って人生をやり直していることを森の神に話した。

森の神は黙って私の話を聞いてくれた。

「なんとも惨いことよ。無実の罪で罰せられるとは。人間とは、いつの世も残酷な生き物だ」

森の神は涙をダーッと流している。神様が大泣きしている⁉　珍しいものが見られた。

「今度の人生は穏やかに過ごしたいの。なんとか三年で魔法属性を変えたいと思っているのだけれど……」

森の神は「ふむ」と頷くと器用に片手を上げて顎にあてる。

「では『神聖魔法』を消す代わりに、我の眷属になるが良い。我は森の神ゆえ、『創造魔法』を使うことができる」

「『創造魔法』？　聞いたことがないわ。どういった魔法なのかしら？」

「『神聖魔法』同様、ロストマジックだからな。名のとおり物を創造することができるのだ。例えば、このように」

森の神が地面に手をあてると何もないところから、芽が出てあっという間に花が咲いた。花の色は虹色で見たことがない美しさだ。

「すごい！　『植物魔法』みたい」

「植物だけではないぞ。動物も創造することができる。森にあるものに限定されるがな」

『植物魔法』は土属性の派生魔法だ。庭師が使っているのを見たことがある。これはイケるかも！

「眷属になるわ！」

「契約をするゆえ、我の前で跪くがよい」

森の神の言うとおり、膝を折ると祈るように手を組む。森の神が私の頭に手をのせると、肉球の感触がする。わーい。柔らかい。じゃなくて！　無心。無心。

力が流れ込んでくる感覚に捕らわれる。

「これで契約は成り立った。ところで人の子よ。名は何という？」

「私はグランドール侯爵家の娘。カトリオナ・ユリエ・グランドールと申します」

立ち上がってカーテシーをしてから、淑女らしく名乗る。

「カトリオナか。良い名だ」

「森の神様の名前をお伺いしてもいいのかしら？」

「我には名はない。其方が好きなように呼ぶと良い」

森の神を見て、少し考える。白銀のふわふわのたてがみ。全身も白いふわふわの毛で覆われて……。もふもふ。もふもふ……。

「……もふ神様」

「……もっとマシな呼び名はないのか？　それと敬称はいらぬ」

「でも神様に対して、不敬ではないかしら？」

「我は気にせぬ」

意外と寛大な神様だ。

「では、獅子の姿なので、レオンはどうかしら？」

「レオンか。ふむ。良い響きだ。カトリオナ、今日から我の世話を命じる」

え？　もふ神様。じゃなかったレオンのお世話をするということは、屋敷に連れていけってことでいいのかしら？

「それでは私の家で一緒に暮らしましょう。でも、獅子の姿だと家人が驚くと思うの」

レオンはふむと少し思案すると、ポンと手を打つ。

「おまえはどのような動物が好みだ？」

「今の姿の小さい感じがいいのだけれど……」

「うむ。待っておれ」

ボンという音がすると、白くてふわふわの長毛種の猫型の獣が現れた。

背中には小さな白い羽根が生えている。

「可愛い。もふもふね！」

レオンを抱き上げ、ふわふわの毛に顔を埋める。顎の下をかくとゴロゴロと喉を鳴らすレオン。

「これ、くすぐったいぞ。カトリオナ。やめるのだ。いや。意外と心地良いな。続けるのだ」

「はい、レオン。それと私のことはリオと呼んで。家族は愛称で呼ぶの」

「あい、分かった。リオ、これからよろしく頼むぞ」

こうして私はもふ神様、もといレオンの眷属となった。これで魔法属性判定では『光魔法』ではなく、『土魔法』か『植物魔法』と鑑定されるだろう。今世では絶対穏やかに生きるのだ。間違っても王太子殿下の婚約者にはならない。


レオンを抱えて家に帰る途中、ふいにレオンが私にくるりと顔を向け口を開く。

わあ！　仕草も可愛い。またもふもふしたくなるな。

「リオ。時が戻って、裏切った者たちに復讐をしようとは思わなかったのか？」

私は激しく首を横にぶんぶんと振る。

「復讐なんてとんでもない！　復讐を遂げたところで、家族とともに断頭台に消えるだけよ。それより今世では彼らとは関わらず、家族と穏やかに過ごしたいわ」

そのために自分の魔法属性を変えたかったのだ。

レオンがもふもふの手で私の頭をぽんぽんとしてくれる。肉球の感触がたまらない。

「おまえはきれいな魂の色をしておるゆえ、光の神から祝福されたのだろう。まあ、我が眷属にしてしまったから魔法属性が変わってしまったがな」

「え？　光の神様がいらっしゃるの？　もしかして他にも神様がいらっしゃったりするの？」

「いるぞ。我の他にも地上でうろうろしている神もいれば、神の世界にいる者もいる。四属性に属する神は人が好きゆえ、人に魔法を与えるが、光の神と闇の神は気まぐれなのだ。滅多に、魔法を与えたりはせぬ」

うろうろって……。その辺に神様がいたりするのかな？　レオンは森の神だから森でうろうろしていたけれど。今度から神々しい人や獣を見つけた時は拝むことにしよう。

木々の隙間から光が差し込み、明るくなっていく。

視界が開け、グランドール侯爵家の領主館が見えてくる。

「レオン。我が家が見えてきたわ。神様に相応しいかは分からないけれど、自分の家と思ってくつろいでね」

「うむ。立派な屋敷だな。そういえば、リオは貴族だな。グランドール侯爵家とは、また懐かしいな。これも何かの縁か？」

「うちのご先祖様と会ったことがあるの？」

「……二百年前のことだがな」

レオンはそれきりご先祖様のことは口にしなかったので、私もあえて聞かなかった。

そのうち話してくれるかな？

◇◇◇

十七歳の私がいる。ああ。これは私が冤罪をきせられた時だな。これは前世の夢だ。

分かっている。分かっているけれど……。

「カトリオナ・ユリエ・グランドール！　其方はシャルロッテを殺そうとしていたそうだな。ここにいる暗殺者が真実を吐いたぞ」

「そのような事実はございません！　私はそこの暗殺者など知りませんし、シャルロッテ様を殺そうなどと、そのような恐ろしいことは考えたこともございません！」

リチャード王太子殿下は私のことを信じてはくれなかった。

婚約者より新しい恋人シャルロッテ・キャンベル男爵令嬢の言葉を鵜呑みにしたのだ。

十歳の魔法属性判定の儀式の後、彼の婚約者となった私は血のにじむような思いで厳しい妃教育にも耐え、彼の隣に並んでもおかしくないように努力してきたのに……。

「黙れ！　衛兵。この女を裁判まで地下牢に閉じ込めておけ。拷問しても構わん！　自白させろ！」

「お待ちくださいませ！　お願いです。私の話を聞いてください。リック。いえ。リチャード王太子殿下！」

リックは蔑むような冷たい視線で私を見やると、ふいと顔を背け、衛兵に私を捕縛させる。

「申し開きは裁判でするが良い。連れていけ」

暗い。寒い。痛い。誰か助けて。ここは冷たい。誰か私をここから連れ出して……。

必死に手を伸ばす。

ふいに暗闇に一筋の光が差し、誰かが私の手を掴み、抱き寄せてくれる。温かい。

貴方は誰？　リック？　違うリックは白銀の髪じゃない。

ハッと目が覚めた。温かくもふもふの白い毛が私を包んでいる。

「目が覚めたか？　随分（ずいぶん）とうなされていたぞ。怖い夢でも見たか？」

「レオン？」

声がする方に顔を向けると、レオンが獅子の姿で私を包みこむようにしてくれているのが見えた。

「ふふ。レオンの毛は獅子の姿でも柔らかくてもふもふなのね。温かい」

「好きなだけ、もふもふしていいぞ」

「ありがとう」

温かいもふもふに包まれて、私はうとうとし始める。

「朝までまだ間がある。もう少し眠ると良い。我がついている。怖いことは何もないぞ」

「うん……おやすみ……」

森の神に守ってもらえるなら、怖くはない。眠り落ちる前にレオンの呟（つぶや）きが聞こえた。

「今度は良い夢が見られると良いな」

次に見た夢は、レオンとともに森の精霊（せいれい）や動物たちとパーティーをするという楽しい夢だった。

レオンのおかげで、朝の目覚めは良く、すっきりと起きることができた。

レオンは小さな聖獣の姿に戻って、私の横にちょこんと座っている。

ああああ。可愛い。どれ、朝のもふもふを堪能（たんのう）しよう。

「おはよう、レオン。昨夜はありがとう」

レオンを抱き上げると耳の辺りをかく。気持ち良さそうにされるがままのレオン。

今日も良いもふもふ具合ね。

「うむ。おはよう、リオ。よく眠れたか？」

「ぐっすりと眠ることができたわ。レオンのおかげよ」

「それは良かった」

レオンは目を細める。獣姿で表情は窺えないが、微笑んでいるように見えた。

昨日、レオンを連れ帰って家族に紹介しようとしたら、頭の中に声が響いた。レオンの声だ。

『我のことは聖獣とでも言っておけ。いきなり神を連れてきたなどと言ったら、パニックになりかねないからな』

一理ある。家族には森の入り口辺りで、レオンが行き倒れていた設定で説明をした。

「まあ、可愛い。レオンちゃんって名付けたの？　そうそう。リオとお揃いのリボンがあるのよ。レオンちゃんにも付けてあげましょう」

お母様。神様に対して不敬です。

レオンは気にしていないようだけれど。

レオンは首元に巻いてもらったリボンを気に入ったようだ。適応力の高い神様だな。

「白い獣は聖獣と言われているからな。ぜひ我が家で保護しよう」

お父様。そんな珍獣扱いは不敬です。

うん。大丈夫！　レオンは気にしていない。

貴族は幻獣を飼いならしたり、白い獣を聖獣として保護していたりするから、珍しいことではないけれど……。

「可愛いね。リオとお揃いのリボンがよく似合っている」

お兄様。うん！　お兄様は子供だ。よしとしよう。

三年後に生まれる妹のメアリーアンも可愛いものが好きだから、きっとレオンを気に入るだろう。

昨日の出来事を回想していると、コンコンと扉がノックされる音ではっとする。

「起きているわよ、マリー。入ってきていいわ」

私の専属侍女のマリーが「失礼いたします」と部屋に入ってくる。

「おはようございます。お嬢様。レオン様は今日もすこぶるもふもふですね」

八歳年上のマリーは我が家の執事長の娘で、私が生まれた時から一緒にいる。

十五歳になった今年から正式に私の専属侍女になってくれた。

マリーは前世で父の執事長とともに、私たち家族を助けようとして、無残にも殺されてしまった。今世では絶対死なせない！

「そうなの。もふもふなの。マリー！　絶対幸せにするからね」

がしっとマリーの手を握る。

「はい？　よろしくお願いいたしますね。ですが私はお嬢様のお側にいられるだけで幸せですよ」

優しいマリーの笑顔。ちょっと天然ちゃんだけど、そこがマリーの可愛いところだ。

『良い侍女だな。む？　風属性と水属性の魔法属性があるな。かなり強力だが魔法制御が良くできている』

レオンの声が頭の中に響く。そのとおりだ。マリーは『風魔法』と『水魔法』を使える。器用に『風魔法』で掃除をして、『水魔法』で洗濯をするのだ。

前世で十三歳になった時、王都の学院に入ったのだが、マリーにも特待生になって、魔法を学んではどうか？　と提案したことがある。

「私はお嬢様のお側にずっといたいのです」と断られてしまった。

マリーほどの才能なら、侍女でなくても良い職業に就けるのにもったいないと思った。

同時にいつも一緒にいたマリーが離れるのは寂しいので、嬉しかった。

だが、結婚適齢期を過ぎても仕えてくれるマリーには申し訳ないとも思ったのだ。

今世ではマリーを幸せにしてくれる良いお相手を見つけてあげるのだ。

「本日は、どのドレスになさいますか？」

「今日は朝食の後にレオンと散歩に行くから、動きやすいワンピースがいいわ」

「承知いたしました」

マリーはにこりと笑うと、クローゼットから水色のワンピースとリボンを二本出してきた。

「リボンが二本？　髪はハーフアップでいいから一本でいいわ」

「一本はレオン様の分です」

手際良くワンピースを私に着せ、髪をとかしてハーフアップにしてくれる。ついでにレオンの毛をブラシで軽く整えると、お揃いの水色のリボンを首元に結んでくれた。

「では、今日も一日健やかにお過ごしくださいませ」

マリーは一礼すると部屋を出ていく。

「手際の良い侍女だな。仕事が早い」

「そうなの。マリーはセンスも良いのよ」

ドレスを新しく仕立てる時もマリーに任せれば、まず間違いない。

私に似合った上品なドレスが仕立て上がってくる。

ちなみに私のセンスは皆無と言ってもいい。

朝食の後、レオンと森へ向かう。

瘴気で枯れてしまった木々や花などを創造するためと、私の新しい魔法属性の訓練も兼ねている。

「まずは魔法を制御しながら、自分の好きな木か花を思い浮かべて、大地に魔力を送ってみろ」

「分かったわ」

大きな木を頭に思い浮かべ、大地に手をかざし魔力を送る。

しばらくすると思い描いていた木が大地から芽吹き、ぐんぐんと伸びていく。想像どおりだ。

「これはすごい！　リオは魔法制御が上手いようだな。よし！　次は花を咲かせてみろ」

「花ね」

花か？　花っていうとあれしか思い浮かばないのだけれど……。大地に手をかざすと、あっという間にひまわり畑のできあがりだ。立派なひまわりに私は大満足した。

「どうかしら？　レオン」

レオンの目が半眼になっていた。あれ？　呆れた顔？

「……女性は花といえば色とりどりの花畑を思い浮かべるものではないのか？」

「ひまわりは強い日差しにも負けず、太陽に向かって咲いている花だから印象が強いの。それにひまわりの種は美味しいのよ」

「………おまえには植物図鑑が必要なようだな」

女の子が好きそうなもののセンスは皆無な私だ。花はひまわりしか思い浮かばないのよね。他の花の名前と姿が結びつかない。唯一、名前と姿が結びつくのがひまわりなのだ。

女子力が低いのかな？　マリーに手ほどきをしてもらった方がいいかも？

そうだ！　まずはお父様に植物図鑑を買ってもらおう。

◇　◇　◇

女子力アップのために思いついたことがある。お父様におねだりをして買ってもらった植物図鑑と、その他の花に関する本とにらめっこをしていた時に、一際、目を引いたものがあった。

「これだ！」

「どうしたのだ？　リオ」

自室のソファでマリーが淹れてくれた紅茶を飲みながら、図鑑を眺めていた私の隣でレオンが丸くなってうたた寝をしていたのだが、大声に驚いて目を覚ましたのだ。

丸くなってもちもちとした腿の辺りをもふもふする。

猫系の獣のこのもちもちとしたところは可愛いと思う。え？　私だけ？

「レオン、これを見て。魔法の良い訓練になると思うの」

あと、私の女子力アップにつながると思う。

図鑑をレオンの前にずいと差し出す。バラ科の項目のページだ。

「バラではないか。これがどうかしたのか？」

「もう。バラだけではなく、全体を見て。素敵なローズガーデンだと思わない？」

図鑑に載っていたローズガーデンは、丸い庭の真ん中に噴水が配置されており、噴水の周りにはレンガを敷きつめた道がある。道の周りには色とりどりのバラが咲き誇っていた。

「これを森の中に創造してみようと思うの。どう思う？」

レオンは「ふむ」と思案している。

「まあ、素敵ですわね。お屋敷の庭にもバラがありますけれど、このようなガーデンにしたら美しい庭に生まれ変わるのではないでしょうか？」

マリーが紅茶をカップに注いでくれる。図鑑をちらっと見て、にっこり笑った。

実は、マリーにレオンが人語を話せることがバレてしまったのだ。

レオンが一人？　で部屋にいる時に独り言を呟いていたら、タイミング悪くマリーが掃除をするために部屋に入ってきたそうだ。

両者はしばらく沈黙していたそうだが、マリーは何事もなかったように「今日はいいお天気なので日向ぼっこでもいかがですか？」とレオンに語りかけて掃除を始めたそうだ。

そのことを聞いた私は慌てて、マリーは信用できるからとレオンから許可をもらい、マリーに本当のことを話した。

レオンが森の神であること。眷属にしてもらって魔法の特訓を受けていること。

だが、前世の話はしていない。

マリーはいつものように優しい笑顔で「そうだったのですか。どうりでレオン様は聖獣にしては神々しいお姿だと思いました」とあっさりと納得してくれた。

全く、動じていないマリーはすごい。それとも天然ちゃんが発揮されたのか？

それから、レオンはマリーの前でも普通に人語を話している。お父様たちの前では可愛らしく「ナァ～ン」とか鳴いているのにね。

「魔法属性判定前に庭で訓練はまずかろう。まずは森で実験した後、バラの苗を創造して庭に植えるというのはどうだ？」

「名案ね！　森にローズガーデンを作って、お茶会をしたいわ。わくわくしてきた！」

「僭越ながら、私もお手伝いさせていただいてもよろしいでしょうか？　カトリオナお嬢様。レオン様」

マリーが手を挙げて、一歩前に出る。何か楽しそうなのは気のせいだろうか？

「そういえば、おまえは『水魔法』が使えたな。よかろう」

「マリーが手伝ってくれるのなら、きっと素敵なガーデンになるわね」

「ありがとうございます」

優雅な所作でマリーがカーテシーをする。マリーの父である執事長は元々、貴族なのだ。平民の奥様と結婚するために爵位を捨てた。まるでロマンス小説のようだ。

奥様はマリーを産んで亡くなってしまったので、男手一つで娘を育てるには住み込みで働けるところがいいと、働き口を探している時に私のお父様と出会ったらしい。貴族の所作が身についているため、執事見習いをすっ飛ばして、いきなり執事長に出世した。

マリーは執事長から淑女のふるまいを徹底的に叩き込まれたので、貴族令嬢顔負けの優雅さを備えている。少なくとも私は負けている側だ。

そんなマリーの女子力に期待大！　だ。

森の中でローズガーデンを創造するべく、私は奮闘していた。

まずは図鑑を見ながら噴水を創造する。しかし、なかなか上手くいかない。

図鑑のとおりに思い浮かべるのだが、上手くいったと思っても、すぐに崩れてしまうのだ。

「噴水は石でできているのよね？　レオン？」

レオンは崩れた石をじっと見つめる。ちなみにレオンは獅子の姿に戻っている。その姿を見たマリーは目を見開いていた。さすがのマリーでも驚くよね？　と思いきや……。

「レオン様の本来のお姿なのですね。さすがは神様。もふもふ具合も素晴らしいですね」

目を輝かせて、レオンの毛をもふもふしたいとばかりに、手がわきわきしていた。

あ。やっぱり天然ちゃんだった。

マリー、神様に対して不敬よ。

まあ、私も同じことを思ったけれどね。当のレオンは気にしていないようだ。

レオンは「そうであろう」と胸を張っていた。

褒められたと受け取ってくれたらしい。嬉しそうだ。

「石の硬度が足りないのだろう。硬い石を思い浮かべてみろ」

「お屋敷の大理石を思い浮かべられてはどうですか？」

マリーが助言してくれる。レオンが大地に手をかざすと小さな白い大理石が現れる。

「これを触って硬度を確かめてみると良い」

私は大理石を触ってみる。つやつやとしてきれいなのに硬い。屋敷のエントランスに大理石が使われているけれど、今まで気にしたこともなかった。

「なんとなく、分かったわ。もう一度やってみる」

大理石を片手に持ち、硬度を確かめながら大地に手をかざす。大地が地鳴りを響かせ、思い描いたとおりの噴水ができあがった。

「できた！　どうかな？」

噴水をポンポンと触るとレオンは満足げに頷いた。

「合格だ。立派なものだ」

「やった！　次はレンガの道ね」

「少し休憩した方がよかろう。リオは魔力量が多いが、いきなり消費しすぎても体に負担がかかる」

そういえば、ちょっと疲れたかな？

「では、お茶にしましょう。軽食にサンドイッチを作ってまいりました」

大きなバスケットからサンドイッチとお茶のセットを取り出し、素早くセッティングしてくれる。お茶は冷たい紅茶のようだ。

「冷たくて美味しい。でも作ってからかなり時間が経っているのに、どうして冷たいままなの？」

ふふとマリーが微笑む。

「冷たい空気をお茶のポットに付与したのです。温かい紅茶の方がよろしかったですか？」

「ううん。ちょっと暑いなと思っていたから、とても美味しいわ」

「それはよろしゅうございました」

レオンには平たいお皿にサンドイッチとお茶を用意してくれた。グラスでは飲みにくいものね。

「このサンドイッチは絶品だな。お茶も旨い」

嬉しそうに尻尾がぶんぶんと揺れている。

その様が可愛らしくて、私とマリーの顔は緩んでいた。もふもふしたい！

休憩した後、レンガを敷き詰めた道を作ろうとしたのだが、これも上手くいかない。

何度もやり直したが、すぐに崩れてしまう。

「今日はこれくらいにしておこう。そろそろ魔力切れを起こしそうだ」

空を見上げると日がだいぶ傾いてきた。今日はここでお開きにしよう。

「そうね。疲れたわ。屋敷に戻りましょう」

屋敷に戻ったら、図書室に行って、レンガに関する資料本を漁(あさ)りに行こう。

領主館に戻ると、一台の馬車が止まっていた。馬車に刻印(こくいん)されている紋章(もんしょう)を見て息を飲む。

「あれは王家の馬車ですね。何か緊急事態でも起こったのでしょうか？」

馬車の扉が開き、少年が降りてくる。金の髪に青い瞳。見覚えのある姿。

忘れようとしたのに。何故⁉

「どうしたのだ？　リオ。震えているぞ」

「……レオン。あれは……あの方がリチャード王太子殿下なの」

レオンが目を見開く。前世を思い出し、体がカタカタと震えだす。

「いや！　会いたくない……」

私を裏切った婚約者。今世では関わりたくなかったのに！

前世ではこんな展開はなかったはずだ。なのにどうして⁉

咄嗟(とっさ)に近くの木陰に隠れ、座りこんでカタカタと震える私にレオンが寄り添う。

「マリー。おまえは先に帰れ。リオが落ち着くまでここにいる。我がついておるゆえ、心配はいらぬ」

「畏まりました。お嬢様をよろしくお願いいたします、レオン様」

マリーはなぜ隠れたのかは問わず、一礼すると屋敷へ戻っていった。

「レ、レオン……わ、私……」

「何も言わずともよい。もふもふしても構わぬぞ。おまえが落ち着くのならばな」

レオンをギュッと抱きしめた。震えて芯まで冷たくなった体に温もりが伝わる。

「温かい……」

「そうか」

レオンは私が落ち着くまで、黙って身を任せてくれた。ギュッとしていたから、苦しかっただろうに……。優しい神様だ。

「落ち着いたか？」

「うん。レオンのもふもふが温かくて、とても落ち着いた」

「戻れるか？」

戻れば、リチャード王太子殿下と顔合わせをさせられると思う。でも、彼が帰るまで隠れているわけにはいかない。王都から我が家までは三日ほどかかる距離にあるので、今夜は我が家に泊まることになるだろう。日が暮れても私が戻らなければ、家族が心配する。

「戻るわ。正直ついこの間、時が戻ったばかりで彼に会うのはつらい。でも、こうなった以上、逃げるわけにはいかないもの」

「大丈夫か？　普通に接することができるのか？」

心配そうに上目遣いで覗き込むレオンが可愛いので、頭を撫でる。

レオンは気持ち良さそうに目を細めた。ああ、癒される。

「私は前世で厳しい妃教育を受けてきたわ。作り笑いは十八番よ」

「そうか。リオは強いな。だが、やはり心配だ。王太子と会う時は我も同席しよう」

「でも、王族に挨拶する時には、獣は連れていってはいけないのが、しきたりなの」

いかに聖獣といえども、許しもなく王族に会わせることはできない。貴族同士のお茶会などでは、自慢するために連れていくのがステイタスらしいが……。

「心配せずともよい。要するに見えなければいいのだろう」

どういうこと？


屋敷に戻ると、マリーがエントランスで待っていてくれた。

「おかえりなさいませ、カトリオナお嬢様。リチャード王太子殿下が当家にご訪問にいらっしゃっております。着替えて応接間に来るようにと旦那様から仰せつかっております」

やはり王太子殿下に会うのは避けられないようだ。うん、分かっていた。

「分かったわ」

着替えるために、自室に戻る途中、マリーが微笑みかけてくる。

「お嬢様、落ち着かれたようですね。よろしゅうございました」

「レオンのもふもふに癒されたの」

「いいですね。もふもふ」

　いきなり震えだした私を見た時のマリーは、明らかに狼狽えていた。いつも笑顔の彼女があのようになるのは珍しい。だが、理由は聞かずにいてくれた。聞いてはいけないことだと、判断したのだろう。気が利く優秀な侍女に感謝だ。

「マリー。いつか本当のことを話すから待っていてくれる？」

　マリーはにっこりと笑みを浮かべると「いつまでもお待ちします」と言ってくれた。


　ドレスに着替えて応接間に行くと、家族とリチャード王太子殿下と殿下の護衛騎士だと思われる男性が私を待っていた。

「カトリオナ。こちらはリチャード王太子殿下だ。ご挨拶を」

　知っています、お父様。私を裏切ったひどい人です。

　なんて言えるわけもなく、ドレスの裾をつまみ、優雅にカーテシーをする。

「お初にお目にかかります。グランドール侯爵の娘カトリオナ・ユリエ・グランドールと申します」

　会うのは初めてじゃないけれどね。

「顔を上げて。カトリオナは何歳なの？」

まだ、変声期前の子供の高い声だ。私を断罪した時の青年の声ではない。

顔を上げると子供のリチャード王太子殿下が無邪気(むじゃき)に笑う。殿下はお兄様と同じ年だ。お兄様と並ぶと天使が二人舞い降りたという感じがする。この頃は可愛かったのね。だが、前世で受けた仕打ちを思い出すと体が震える。やはり恐怖はぬぐうことができない。

「はい。リチャード王太子殿下。七歳です」

十八番の作り笑いを浮かべる。子供らしい無邪気な笑顔を見せてやる気はない。

「僕より二歳下なんだね」

「リチャード王太子殿下は兄と同じ年ですのね」

子供の時は天使のように可愛いのに、やがて悪魔になってしまうのよね。

『リオ。先ほどから王太子を貶(けな)しているな』

レオンの声が頭に響く。レオンは姿こそ見えないが、私の隣にいるのだ。神様は普通見える存在ではないらしい。だが、私だけではなく、誰にでもレオンが見えているのは、意図的に見えるようにしてくれているからなのだ。

『そのつもりはないのだけれど。不快に思ったら、ごめんなさい』

『……不快ではない』

「リオ！　聞いているかい？」

お兄様が何か話していたらしいが、レオンとの会話で気づかなかった。

「お兄様。申し訳ありません。少し考えごとをしておりました」

お兄様は口を尖らせると、私の頭を軽くコツンと小突く。

「晩餐の用意ができるまで、僕とリオで殿下に屋敷の中を案内して差し上げようって言ったんだよ」

え？　挨拶したら晩餐まで部屋にいようと思ったのに!?

リチャード王太子殿下とお兄様の後について、屋敷の中を歩いていく。嫌だったけれど、断れば王族に対して不敬になる。我が家の評判を落とすわけにはいかない。

幸い、屋敷の説明はお兄様がしてくれているので、私は後をついていくだけだ。

ありがとう、お兄様。そして、早く帰れ。鬼畜王子！

『リオ。顔が不機嫌そうになっておるぞ』

『え？　本当に？』

心の中で王太子殿下に早く帰れコールをしていたので、無意識に顔が不機嫌になっていたようだ。急いで作り笑いを浮かべる。平常心。平常心。

レオンはずっと私の隣に寄り添っていてくれる。おかげで勇気が湧いてくるのだ。神様が守護してくれているのは、心強い。怖いという気持ちも吹き飛ぶというものだ。

頭の中に声を送る会話方法は、レオンに教えてもらった。念話というそうだ。もちろんレオンと私以外には聴こえない。

「ジークフリートとカトリオナの部屋を見てみたいな」

お兄様の名前はジークフリート・ユーリ・グランドールと言うのだ。

「僕たち兄妹の部屋をですか？」

それにしても、王族といえども初対面なのに、いきなりお部屋拝見ですか？

いつもマリーが丁寧に掃除をしてくれるから、部屋はきれいだ。

だが、我が家に来られるだけでも迷惑なのに、プライベートに踏み込まれるのは嫌だな。

「ダメかな？」

王太子殿下は青い瞳をキラキラ輝かせて首を傾げる。うっ！　天使のような可愛さだ。

それでも無理！　絶対嫌だ！　鬼畜王子退散！

「ダメではありませんよ。構いません」

お兄様が快く頷く。

お兄様！　そこはプライベートはちょっと……とか言葉を濁して断りましょうよ！

「リオも構わないよね」

にっこりとお兄様が微笑む。こちらも天使だ。ここまできたら、断れない。

「ええ。もちろん構いませんわ」

口元だけで微笑む。天使の微笑みには程遠い作り笑いで……。仕方ない。だが、言葉とは裏腹に心が受けつけない。嫌すぎて体調が悪くなりそうだ。

『………』

レオン、言いたいことは分かるわ。でも貴族はこんなものなのよ。

まずは、お兄様のお部屋探訪だ。

お兄様は読書家だ。将来侯爵家を継ぐためにいろいろな勉強をしている。領地経営とかグランドール侯爵領の風土など、難しい本が本棚に所狭しと並んでいる。

まだ九歳で遊びたい盛りだと思うのだけど、頑張り屋さんなのだ。

「ジークフリートは勉強家だな。将来いい領主になるだろうね」

リチャード王太子殿下は本棚を見回すと、感嘆の声をあげる。

貴方が家族を断頭台の露にしなければ、お兄様はいい領主になっていたと思います。

どうしても前世のことを思い出してしまう。レオンが寄り添って、守っていてくれるというのに、つい恨み言を言ってしまいそうになる。

『ダメよね、私。本人を目の前にすると、恨み言を口にしてしまいそうになるわ。彼はまだ子供なのに』

『リオはダメではない。素直な良い娘だ』

『ふふ。ありがとう。お世辞でも、レオンに褒められるのは嬉しいわ』

私が落ち込まないよう、慰めてくれるレオンの心遣いが嬉しい。

『神は世辞など言わぬ。おまえは自分を過小評価しすぎだ。もっと自信を持ってよい』

お兄様は、王太子殿下に本棚に陳列された本の説明をしている。

「この本棚は種類別に分類しています。例えば、この辺りは経営関係で、あちらは財務関係です。こうしておくと本を探す時に分かりやすいので」

王太子殿下は「なるほど」と感心しながら、本棚を順番に目で追っている。

「王宮の図書館は購入順で並べているので、どこにどんな本があるのか分かりにくいんだ。種類別に並べると分かりやすくていいな。今度提案してみよう」

とても九歳の子供同士の会話とは思えない。

そういえば、お兄様も王太子殿下も幼い頃から神童と言われていたわ。

「次はカトリオナの部屋だね」

王太子殿下が私に顔を向け、にっこりと微笑む。本人に悪気はないのだろうが、その顔で微笑まれると、前世の彼の顔と重なって寒気がする。

私の部屋はお兄様の部屋の隣だ。渋々扉を開けて「どうぞ」と部屋の中にとおす。もちろん顔には作り笑いを貼り付けている。

「女の子らしい可愛い部屋だね」

王太子殿下は部屋の中を見渡すと、顔を輝かせている。

可愛いでしょう？　マリーが整えてくれた私の部屋は。

マリーはセンスがいいのよ。もっと褒めても構いませんよ。

「カトリオナは花が好きなの？」

机に置いてある植物図鑑に目をとめたらしい。

「ええ。好きですわ」

つい最近まで、ひまわりしか花の名前を知らなかったけれどね。

「どんな花が好きなの？」

「可愛い色をした花も好きですが、特にバラが好きですわ」

何せローズガーデンを作ろうとしているからね。

「そうか。バラが好きなんだね」

瞬間、ある記憶がフラッシュバックする。

前世の私は特に花に興味がなかったので、すっかり忘れていたのだが……。

リチャード王太子殿下との結婚式に使うウェディングブーケの花を選ぶために、殿下と私は城に取り寄せた色とりどりの花を見ていた。

「これは、なんという花だ？」

殿下が薄い青みのある白い花を手に取り、花を取り寄せる手配をした女官長に訊ねる。

「それは新種のバラで『ブルースノーローズ』と申します。殿下」

「リオのイメージに合うな。これをブーケのメインにしよう」

その後、希少なブルースノーローズを気に入った王太子殿下が一株取り寄せて私に贈ってくれたのだが、このバラが私を断罪する材料となった。

私が裁判にかけられた時に分かったことだが、ブルースノーローズの根には毒がある。そんなことは知らずに、私は贈られたバラを大切にしていた。

シャルロッテを狙った暗殺者の剣には毒が塗られていたという。その毒こそブルースノーローズの根を精製して作ったものだ。一滴体内に入ればすぐに死に至る恐ろしい毒。ただ、花と茎の部分には毒がないので、ブーケに使ったり、飾る分には害はない。

そのことをレオンに念話で話す。

思い出しただけで私の体がまた震え出した。

レオンが慰めるように包み込んでくれているのが、目に見えずとも分かる。その温もりでまた私は落ち着くことができた。

王太子殿下は私の部屋探訪に満足したようで、にこにことしている。何がそんなに面白かったのだろう？　特に男の子の興味をひくものはなかったと思うのだが……。

部屋を出たところで、執事長が私たち三人を迎えに来てくれた。晩餐の用意が整ったらしい。

王太子殿下との晩餐なんて気が重い。

案の定、晩餐は美味しく味わうことができなかった。

今日は王族が訪問したということで、豪華なメニューだったのに……。

王太子殿下は私の家族と談笑をしながら、晩餐を楽しんでいた。私はというと、話しかけられれば「はい」「そうですね」と適当に相槌をうつだけだった。

いつもは家族と談笑しながら、楽しく食事をするのだが、今日は楽しめなかった。

晩餐の後はサロンでお茶会をすることになったのだが、私はまだ幼いので自室に帰ってもいいと言われた。王太子殿下は残念そうだったが、私は早く寛ぎたかったので、挨拶すると早々に部屋へ帰った。

「あー！　疲れた！」

自室に戻るとソファにぽふっと座り込む。マリーがハーブティーを用意してくれたので、一口飲む。このにおいはカモミールだ。カモミールは心身をリラックスさせる効能がある。

最近は花だけではなく、ハーブの名前もかなり覚えたのだ。

「お疲れ様でした。カトリオナお嬢様。ただいま湯浴みの準備をいたしますので、しばらくおくつろぎください。レオン様も一緒に湯浴みなさいますか？」

「うむ。もちろんだ」

マリーは湯浴みの準備をするために、部屋に隣接している浴室へ入っていった。

部屋に戻ってから、レオンは小さな獣の姿で現れた。ずっと姿を消していたのでレオンのもふもふが恋しくなる。レオンを抱き上げて、もふもふを堪能だ！

「ああ、癒される」

レオンのもふもふの毛に頬ずりをする。温かくてふわふわして心地いい。姿を消してそばにいてくれたが、やはり姿が見える方がほっとするというものだ。もふもふするともっとほっとする。

「今日は頑張ったな、リオ。つらかったであろう？」

「少し……。でもレオンがそばにいてくれたから心強かったわ」

「そうか」

頬をすりすりとしてくるレオン。また、もふもふに癒される。

「王太子の小僧は鑑定眼を持っていたな。あれは油断のならない小僧だ」

そういえば、鬼畜王子は鑑定眼を持っていた。あれ便利よね。私も欲しい。

「お嬢様。レオン様。湯浴みの支度ができました」

マリーが浴室から戻ってきた。なんか手がわきわきしている。

あ！　レオンを洗うのが楽しみなのね。


翌日、朝食の後、王太子殿下が出立するというので、家族総出でお見送りをした。

馬車に乗る前に殿下が挨拶をする。

「グランドール侯爵。侯爵夫人。急に訪問して申し訳ありませんでした。楽しい時間を過ごさせていただきました。感謝します」

殿下は軽く一礼する。お父様は慌てて紳士の礼をとる。お母様も並んでカーテシーをした。

「とんでもございません。リチャード王太子殿下。もったいないお言葉です。我が領にご訪問いただき光栄でした」

頷くと殿下はお兄様に顔を向ける。

「ジークフリート。半年後の魔法属性判定の儀式で会おう」

お兄様は紳士の礼をしながら「はい」と答える。殿下は微笑むと私に顔を向ける。カーテシーをしながら、なるべく殿下と目を合わせないようにする。

「カトリオナ。ジークフリートの魔法属性判定の儀式の時は君も王都にくるのだろう？　その時にまた三人で遊ぼう」

「はい」

曖昧に返事をしておく。貴方とは二度と会いたくありません！お兄様には悪いけれど、王都に行く気はない。

午後からは昨日造った噴水の周りにレンガの道を敷くために、散歩と称して森に来ていた。

もちろん、レオンとマリー、私の三人で……。

昨日の噴水を創造した後に思ったことだが、現存する物を創造する時は、実物の材質や性質を知っておいた方が造りやすいのではと考えたのだ。そのため、レンガの作り方と材質を知る必要があった。

王太子殿下を見送った後、屋敷内にある図書室に行って『レンガの作り方』というタイトルの本を見つけたのだ。こんなマニアックな本がよくあったなと思う。誰の趣味か気になる。

「え〜と。レンガは、粘土や頁岩、泥を型に入れ、窯で焼き固めたものである。粘土と泥は分かるけれど、頁岩って何だろう？」

「簡単に言うと泥の岩のことだが、ガーデンの道を造るのであれば、日干レンガでよかろう」

レオンが助言してくれたので、日干レンガの作り方が載っているページをめくる。

日干レンガは粘土を固めた後に天日乾燥させて作ると書いてあった。こちらの方が造るには簡単そうだ。

噴水の周りにレンガの道を思い浮かべて、大地に魔力を送る。地鳴りがすると噴水の周りにレンガの道が現れる。

レンガをじっと見ていたレオンが半眼になる。あれ？　なんか失敗した？

「レンガはよくできているが、ところどころに尖った場所があって不格好だ」

「ええっ⁉　やり直ししないと……」

マリーもレンガを見ていたが、何か思いついたのかポンと手を叩く。

「レンガの形を整えるのは私にお任せいただけますか？」

「何か考えがあるの？　いいわ。マリーに任せる」

マリーは手に魔力を溜めるとレンガに向けて『水魔法』を向けた。

尖った部分に細い水の筋が走る。すると尖った部分がなくなり、レンガの形が整う。

「すごいわ。マリー！　『水魔法』にそんな使い方があるなんて」

「ウォーターカッターの応用だな。水の勢いと水量を調整してレンガを削ったのか。たいしたものだ」

感心した私とレオンは賛辞を贈る。マリーは照れくさそうに微笑む。

「お褒めにあずかり光栄です。では残りのレンガの形も整えてまいりますね」

淡々と手早くレンガの形をマリーが整えていく。

「次はいよいよバラを植える段階ね。苗木を創造するわ」

「花まで咲かせないのか？」

首を傾げるレオン。獅子の姿でも可愛い。猫系の獣ってどんな仕草も可愛く見えるのよね。

「まもなくバラの季節なの。せっかくだから花が咲くまでの段階を見てみたいわ」

「お嬢様。参考までにお聞きしますが、苗木は色を決めることもできるのですか？」

レンガを整え終えたマリーが質問してきた。

レンガの道を見るときれいになっている。さすがだ。

「色や種類も自由に創造できるわ。バラの図鑑も持ってきたのよ」

ほらっとバラの図鑑をマリーに手渡す。

お父様に植物図鑑をおねだりした時に、他にも花関係の本を何冊か買ってくれたのだが、その中にバラの図鑑があったのだ。

「それでしたら、色の配置にお気をつけください」

「そうなの？　好きなバラの苗木から植えていこうと思ったのだけれど……」

きらっとマリーの緑の瞳が光る。

バラの図鑑をパラパラとめくると、ローズガーデンのページを私に見せる。

「まずは、このガーデンをお手本にバラを植えてくださいませ。できれば種類も同じもので。色はこのように赤、ピンク、白といったように濃い色から順に並べると見る者の目を楽しませることができるのです」

バラの図鑑を手に切々と語るマリー。色の配置にこだわりがあるのかしら？

「分かったわ。まずはここの区間に花を咲かせた状態で配置してみるから、色の配置が悪かったら言ってね」

大地に手をかざし、マリーの言ったとおり同じ種類のバラを赤、ピンク、白の順に咲かせていく。

我ながらいい出来だと思うのだけど、どうかしら？　ちらっとマリーを見る。

「素晴らしいですわ。お嬢様！　そうですわ！　帰りましたら、リボンで色の配置を勉強しましょうか？　徹底的にお教えいたします」

異論は認めないという笑みだ。

私はこくこくと頷く。ぜひ教えてください！　マリー先生。

「それがよいだろうな。リオに任せたら、配色が滅茶苦茶なローズガーデンになりそうだからな」

そのとおりになりそうだから、反論できない。

「では、休憩いたしましょう。今日は冷たいハーブティーとスコーンを持ってまいりました」

いつもの笑顔に戻ったマリーは、できあがったレンガの道に敷物を広げ、バスケットからスコーンとハーブティーを取り出し、セッティングしてくれた。

「ハーブティーはエルダーフラワーを使っているのね。いい香りだわ」

「そのとおりです。ハーブの種類にもかなり詳しくなられたようですね。お嬢様」

エルダーフラワーはマスカットのような甘い香りがするのだ。気持ちを和らげる効能がある。

「このクロテッドクリームも美味しいわ。スコーンに苺のジャムと一緒につけて食べると美味しさ倍増なのよね」

「ふふ。お嬢様は苺が大好きですものね」

「そんなに美味いのか？　我にも両方つけたスコーンを食べさせるのだ」

「すごく美味しいのよ。ぜひ食べてみて」

スコーンにたっぷりとクロテッドクリームと苺のジャムを塗り、レオンに口を開けてもらう。

牙はするどいけど、あ～んしたレオンの仕草が可愛くて、私とマリーは顔を見合わせる。

もふもふしたくなるわよねと目で会話をする。

スコーンを食べたレオンは目を見開く。

「うむ。これは美味い！　もう一つもらえるか？」

今度はマリーがレオンの口にスコーンを入れる。あの可愛い「あ～ん」は共有しないとね。

そうだ！「もふ神様を愛でる会」を作ろう。会員はマリーと私の二人だけれど……。

日が暮れる前に屋敷に帰り、サロンの前を通ると家族が紅茶を飲みながら、歓談していた。

「ただいま戻りました。お父様、お母様、お兄様」

「リオ、おかえり。こちらにおいで」

お父様に招かれたので、サロンの中に入ると、お気に入りの窓際の椅子に腰かける。

レオンは私の膝の上に乗って丸くなった。何気に背中を撫でてもふもふする。

「リオ。最近、よく散歩に行っているのね。健康的でいいことだけれど、森の中には入っていないわよね？」

お母様の指摘にぎくっとする。

「マリーとレオンとお気に入りの場所へピクニックに行っているの」

半分は嘘で、半分は本当だ。森の中には行っているけど、毎日ピクニック気分でお茶会をしているもの。

「あれ？　リオが持っている本は『レンガの作り方』だね。その本、面白いだろう？　頼んで図書室に入れてもらったんだよ」

なんと！　この本はお兄様のチョイスだったのか。

「お兄様はレンガ作りに興味があるのですか？」

「レンガ作りというか。レンガの材料に使われる頁岩（けつがん）が我が領で採（と）れるのが最近分かったんだ。産出できるようになれば利益になるだろう？」

自領の利益について考えているなんて、恐ろしい九歳だ。神童って言われるのが分かる。

「末頼（すえたの）もしい後継者で嬉しいよ。侯爵位を譲るのは遠くない未来かもしれないな」

「ジークに侯爵位を譲ったら、私たちは南にある別荘で隠居（いんきょ）しましょうか？」

いやいや。まだそんな話をするのは早いでしょう。お兄様はまだ九歳ですよ。

「リオが王太子殿下の婚約者になったら、王都のタウンハウスで暮らすのも悪くありませんけれどね」

なんですと⁉

「お父様！　王太子殿下から婚約の打診（だしん）があったのですか？」

「いや。だが、今回王太子殿下が各貴族の領を旅していたのは、婚約者となる令嬢を探していたという噂があるんだ」

「殿下はリオのことを気に入ったようでしたからね」

だって、作り笑いしかしてないよ。そっけない態度をとっていたし。気に入る要素がないでしょ！

「お父様。婚約の打診があったら、お断りしてください」

「しかし、王族からの婚約を断るのは難しいよ。私だってリオを嫁にやりたくはないけれど」

「そこは小さな頃にかかった原因不明の熱のせいで、子供が産めない体になったとか理由をつけてお断りしてください」

お父様がお母様に顔を向ける。顔色が真っ青になっていた。

「それは本当なのか？」

お母様は顔を顰めて、私にめっとする。まるで子供扱いだ。って……七歳でした。

「そんな事実はありません！　王族に嘘をつくわけにはいかないでしょう。リオは王太子妃になりたくないの？」

「なりたくありません！　王太子妃になるよりは、神の花嫁になることを選びます！」

「修道女になるというの？」

婚約者にはシャルロッテがなればいい。彼女は男爵令嬢だけど『光魔法』が使えるのだから。

婚約破棄され、無実の罪で処刑されるのはもう嫌だ。最初から婚約をしなければ、違う運命が待っているはず。

「……私はただ家族で穏やかに暮らせれば、それでいいのです」

涙で目の前が霞む。気づけばサロンを飛び出して、部屋に鍵をかけて閉じこもっていた。


いつの間にか泣き疲れて眠っていたようだ。目が覚めた時には真夜中だった。

いつもどおり、私の隣にはレオンがいた。

「起きたか？　気分はどうだ？」

「……目が腫れて痛い。喉もカラカラよ」

「ひどく泣き喚いていたからな」

「レオンはずっとそばにいてくれたの？」

「おまえが部屋に飛び込む時に、一緒に入ったからな。大変だったぞ。おまえの家族は必死に扉を叩いて呼び掛けていた」

みんな心配してくれていたのか。朝になったら、謝ろう。

「マリーが皆を静めてくれたのだ。彼女に礼を言うのだぞ」

マリーが？　そういえばワンピースのままベッドに潜り込んだはずなのに、寝間着を着ている。マリーが着替えさせてくれたのか。

マスターキーは執事長しか持っていないはずだから、きっと借りたのね。

「朝になったら、お礼を言うわ。あと家族にも謝る」

「そうするのが得策だろうな。そこにマリーが水差しと洗面の用意をしてくれている。まずは喉を潤してから目を冷やせ」

「うん」

レオンが示してくれたところは、ソファの前に置いてあるローテーブルだ。テーブルの上には水差しとグラスと洗面器が置かれている。

マリーは夜中に起きることが分かっていたのかな？

グラスに水を注ぎ、一気飲みする。喉が渇いていたので、もう一杯注ぐと今度はゆっくりと飲む。

洗面器を覗くと、中には水に浸したタオルが入っていたので、目に当てた。ひんやりして気持ちいい。アイスティーと同じ要領で、ずっと冷えるように魔法を付与しておいてくれたのだろう。

「リオ。おまえは神の花嫁になると言っていたな？　もし王太子と婚約することになったら、実行する気でいるのか？」

「もちろん！　でも……レオンと離れるのは寂しい……」

レオンは獅子の姿になると、頭をぽんぽんとしてくれる。

「どこに行っても、我はおまえとともにいる。安心するがよい」

「……うん」

その日の夜はレオンのもふもふに包まれて眠った。

◇　◇　◇

朝、目を覚ますとマリーがカーテンを開けているのが目に入った。枕元を見るとレオンがすやすやと寝息をたてている。たぶん、再び私が寝付くまで起きていてくれたのだろう。もふもふしたいけど、起きるまでそっとしておこう。

「おはようございます。お嬢様。ご気分はいかがですか？」

私が起きた気配を察したのか、マリーが天蓋付きのベッドにかかっているカーテンを開けながら、いつもの笑顔で朝の挨拶をしてくれた。

「……おはよう。マリー、昨日はいろいろとごめんね。リボンで色の勉強をするって約束も守れなかったわ」

「色のお勉強はいつでもできます。それより旦那様たちと仲直りしてくださいね。お嬢様が部屋に閉じこもってから、ずっと心配されていて、しばらくお部屋の前から離れなかったのですから」

そうだったのか。そういえば、レオンも同じようなことを言っていた。心配かけちゃったな。

朝食の席でしっかり謝ろう。

「支度をして食堂に行くわ。お父様たちに謝らないと」

「はい。きっと皆様は早めに席に着いていらっしゃると思いますよ」

今日は午前中にダンスの稽古があるので、可愛いデザインのピンクのドレスを着せてくれる。

「なんだ？　もう朝なのか？　我にもリオと同じ色のリボンを結んでくれ」

物音で目が覚めたらしいレオンが、のそのそと鏡台に座っている私の下にやってくる。

「レオン。まだ寝ていていいのよ。昨日遅くまで起きていたのでしょう?」

「いや。一緒に飯を食べるぞ。ここの飯は美味いからな」

「食いしん坊さんですね。レオン様は」

マリーはレオンを抱き上げると鏡台の上に乗せる。抱き上げる時、マリーの顔が緩んでいた。もふもふにやられたらしい。

ブラシで毛を整えられ、いつもどおり私とお揃いのリボンを結んでもらい、鏡の前でポーズをとっているレオンが可愛い。

「「ああ、癒される」」

マリーと声が重なる。もふもふは正義だ!

食堂に入るとお父様たちはもう席に着いていたが、私の姿を見ると三人とも一斉(いっせい)に、立ち上がってそばにやってきた。

「おはよう……お父様、お母様、お兄様。昨日は……心配をかけてごめんなさい」

ぺこりと頭を下げると、三人が私をがしっと抱きしめる。

「いいんだよ。リオが元気になってくれたら、お父様はそれだけで嬉しいんだ」

「お母様が悪かったわ。リオの気持ちを考えずに……ごめんなさい」

「リオ。心配したよ」

そうだ。私の家族は優しかった。愛する人たちを前世と同じ目に遭(あ)わせるわけにはいかない。

婚約を断ったら家族がどうなるかなんて考えていなかった。

……それにしても苦しい。抱きしめる力が強すぎる。

「皆様、それくらいにしておきませんと、カトリオナお嬢様が窒息してしまいます」

執事長がコホンと咳払いをする。いいタイミングで切り出してくれた。さすがはマリーのお父様。グッジョブ！

「苦しかったかい？　リオ」

「大丈夫です」

執事長の注意に、はっとした家族はようやく私を離してくれた。

「さあ。朝食をいただきましょう。今朝はリオの好きな苺のデザートを用意してもらったのよ」

席に着くと、レオンもいつもどおり私の隣の椅子にちょこんと座る。レオンが食べやすいように作ってもらった特注の椅子だ。

レオンも他の幻獣や聖獣と同じように、人間と同じものを食べるようだ。

私はスープとサラダとパン。あとは腸詰と卵をワンプレートに取り分けてもらう。七歳なので胃の許容量が小さいのだ。

お父様たちと歓談しながら、食べる朝食は美味しかった。

昨日はどこかの鬼畜王子のせいで、食事が美味しく感じられなかったのだ。

「お待ちかねのデザートがきたわ」

デザートは苺のババロアだった。甘酸っぱい苺の香りがする。クリームはふわふわで美味しいし、ババロアは口いっぱいに苺の味が広がって絶品だ。

「ん〜。美味しい」

「お父様の分も食べていいんだぞ」

「そんなに食べられないわ。お父様」

ふと思いついたことがあって、レオンに念話で話しかける。

『レオン。苺って森でも育つのかしら？』

『苺も植物だからな。可能だろう』

今日は苺の苗も創造してみよう。上手くいけば一年中、苺が食べられるかもしれない。

午前中はお兄様と一緒にダンスのレッスンを受けた。先生の指導の下でステップを踏む。

ダンスレッスンは、夜会の時に使う我が家の大広間で指導を受ける。臨場感を体験するという先生の方針だ。

ちなみにレオンは大広間の隅にある椅子の上でダンスの様子をじっと見ていた。

「お疲れ様です。冷たい飲み物を持ってまいりました」

マリーが果実水を持ってきてくれたので、休憩することにした。テーブルまで移動してから先生とお兄様と三人で果実水をいただくことにする。苺の果実水だ。美味しい。

お父様とお母様がマリーの後に続いて、私たちの様子を見に来る。

「先生。子供たちのダンスはどうでしょうか？」

「お二人とも筋がよろしいです。休憩の後、音楽をかけてダンスをしていただく予定です」

「そうだ。父様と母様も一緒にダンスをしませんか？　お手本を見てみたいな」

お兄様の提案に私も賛同する。

「お父様とお母様のダンスを見てみたいです」

お父様とお母様は顔を見合わせると、クスっと微笑み合う。

「侯爵夫人。私と踊っていただけますか？」

お父様が紳士の礼をとって手を差し出すと、お母様はカーテシーをして「喜んで」とお父様の手に自分の手を重ねる。

両親は大広間の中央まで進み出ると向かい合う。先生が音楽を流す魔法をかける。先生は『音楽魔法』という特殊な魔法を使えるのだ。オーケストラの音楽を再現することができる。

お父様とお母様のダンスは息がぴったりで優雅だ。

さすがは社交界一と言われるだけのことはある。

私の両親はダンスの腕前も素晴らしいが、美男美女なので人目をひく。

金髪に青灰色の瞳のお父様と白銀の髪に緑の瞳のお母様が並ぶと、金色と銀色が響き合っているようだ。

お兄様はお父様似なので成長すると、数多の貴族令嬢を虜（とりこ）にする貴公子になるのだ。

お兄様は真面目なので婚約者一筋だったけれどね。

私はというとお母様に似ているので、成長すれば美人になるはずだ。きっと……。

前世では「社交界の白薔薇（ばら）姫」という恥ずかしいあだ名を付けられていた。

いやあ！　黒歴史だわ。

音楽が終わり、両親は互いに礼をすると私たちの方へ戻ってくる。

踊り終えたお父様とお母様に惜しみない拍手を送る。

「素晴らしいです。父様、母様」

「とても素敵でした。お父様、お母様」

二人は私たちに「ありがとう」と微笑む。

「今度はジークとリオの番だ」

「お手並み拝見といきましょうか」

ダンスの名手にそんなこと言われると緊張します。

「行こうか？　リオ」

お兄様が先に立ち上がって、私に手を差し出す。お兄様の手をとりながら立ち上がる。

大広間の中央までお兄様にエスコートされると音楽が流れ始める。そして覚えたステップを踏み出す。流れるような動きでお兄様がリードしてくれるので踊りやすい。

「お兄様。上手ね」

「リオも上手だよ」

すごく楽しい。ダンスってこんなに楽しかったかしら？

前世で妃教育を受けていた頃は、それは厳しいダンスレッスンだったので、踊っていてもあまり楽しくなかった。

ちょっと調子にのって、失敗したけれどお兄様が上手く動いてくれたおかげで、無事に踊り終えることができた。お父様たちに向かって礼をすると、盛大な拍手が起きた。驚いて後ろを振り返ると、執事長をはじめとする我が家の使用人たちが拍手をしてくれている。いつの間にこんなにギャラリーが増えていたの⁉

前を向くと、いつの間にか移動していたレオンがぽふぽふと拍手をしてくれている。

ううっ。その仕草も可愛い。いますぐ駆け寄って抱きしめたい！

でも今は淑女らしくしないと。我慢、我慢。

「二人とも上手だったよ。今すぐ社交デビューできるくらいだ」

「リオは少し失敗していましたけれどね。でも、及第点(きゅうだいてん)をあげましょう」

お母様、厳しいです。でもダンスの名手から及第点をもらえた。嬉しい。

「お二人とも、この年でこれだけ踊れたら、たいしたものです。次回からはアップテンポのダンスをお教えすることにしましょう」

「先生、ありがとうございました」

午前中のダンスレッスンは無事に終えた。ちょっとギャラリーが多くて賑(にぎ)やかだったけれど。

昼食の後、いつものとおりレオンとマリーと三人で森のローズガーデンに来ていた。今日はマリーに色の勉強を教えてもらう。

マリーはバスケットからリボンで作られた色の見本帳を取り出す。マリーが自作したものだそうだ。

「よろしいでしょうか？　バラは赤など原色が一般的ですが、ローズガーデンに植えるのでしたら、パステルカラーの方が見るものの目を楽しませると思うのです」

「パステルカラーって何？」

マリーはパラパラと見本帳をめくると、パステルカラーのページを見せてくれる。

「このように明るく柔らかい色彩のことです。今日お嬢様がダンスレッスンの時に着ていらしたドレスのピンクもパステルカラーですよ」

なるほど。パステルカラーは可愛い色ばかりだ。バラは女性が好む花だから、可愛いバラを咲かせた方がいいかもしれない。

「じゃあ、このオレンジと白とピンクのバラの組み合わせはどうかしら？」

「可愛らしくていいと思います」

早速、昨日の区画の隣に花を咲かせた状態でバラの苗木を創造する。

「どうかしら？　いい出来だと思うのだけれど……」

「ええ。素敵ですね」

一区画ずつマリーと相談しながら、今度は花が咲く前のバラの苗木を創造して植えていく。レオンは噴水のそばで寝そべっていた。やっぱり眠かったんだ。ごめんなさい。おやつの時間まで寝ていていいからね。

最後の一区画には苺の苗木を植えるのだ。植物図鑑を取り出し、美味しそうな苺のページを開く。

「苺はバラ科の多年草です。へえ。苺もバラの一種なのね」

大地に手をかざし、糖度の高い苺を思い浮かべた。本当は苺を育てるには手間がかかるのだが、創造魔法なら摘む前まで成長させることができる。

苺の苗は大地から芽を出すと、めきめきと大きくなり、瑞々しい赤い実をつけて現れた。

「まあ。美味しそうですね」

「味見をしましょう」

赤い実を一つずつもぎ取って口にいれる。噛むとじゅわっと果実の水分が口の中に溢れる。

「うわあ。甘くて美味しい！」

「本当ですね。お見事です！　お嬢様」

「こらっ！　二人で美味いものを食べるでない。我にも味見をさせるのだ」

レオンが後ろでお座りをしている。いつの間に起きたのだろう。

「マリー。あれをやるわよ」

「はい。あれですね」

苺をもぎ取るとレオンに向かい合う。

「「あ〜ん」」

「なぜ、二人同時なのだ。まあ、よい」

レオンが口を少し開けてあ〜んする。むぐむぐと苺を食べると、かっと目を見開く。

「美味い！」

「「ごちそうさまでした！」」

私とマリーは手を合わせて、レオンを拝む。

「いや。ごちそうさまを言うのは我だと思うのだが……」

ふふ。私たちのごちそうさまは意味が違うのよ。今日も可愛い「あ〜ん」が見られた。

「楽しそうなのじゃのん」

ふいに木の上から声がする。「むっ！」とレオンが警戒の態勢になった。何事⁉

閑話　護衛騎士ウィルの思惑

グランドール侯爵領の街道を馬車は王都に向かって走っていた。

馬車には王家の証である鷹の紋章が刻印されている。

リチャード王太子殿下は頬杖をついて、窓から外を眺めていた。

何か考え事をしているようにも見える。

「殿下。カトリオナ嬢はいかがでしたか？」

話しかけると、王太子殿下は気怠そうに私の方に顔を向ける。

私の名前はウィル。リチャード王太子殿下の護衛騎士だ。

「彼女は違うな。鑑定では『土魔法』の派生魔法『植物魔法』と出ていた」

王太子殿下は『火魔法』と『風魔法』の他に、鑑定を使うことができる。鑑定眼と呼ばれる特殊な眼を持っているのだ。鑑定眼を持つ者は魔法属性判定の儀式の判定官になることもできる。

「しかし、先触れもなく、訪問しても大丈夫だったのでしょうか？」

「先触れが間に合わなかったのだ。仕方あるまい」

グランドール侯爵領を訪問する旨を使者に託したのだが、使者が途中で事故に遭い、先触れが間に合わなかったそうだ。

「そうですね……しかし、ご子息のジークフリート様のお部屋はともかく、子供とはいえカトリオナ嬢のお部屋まで覗くというのは、やりすぎだったと思うのですが？」

不満気にふんと鼻をならす王太子殿下だが、高貴な身分の者が女性の部屋を訪れるなど、マナー違反だ。夫婦や兄弟姉妹、婚約者であれば別だが……。

「王族といえども、エチケットに反するな。だが、何故か心惹かれたのだ。断られたら諦めるつもりだった」

姿勢を正し、腕を組むと王太子殿下は私の目を見る。射貫くような視線にびくっと肩が震えた。その威厳は九歳の少年らしからぬ王者のものだ。

「ところで、おまえの話は本当なのだろうな？『光魔法』を使う令嬢が二人いるというのは。キャンベル男爵家を訪れて、シャルロッテ嬢を鑑定したが『無属性』だったぞ」

「間違いございません。私は時を逆行してきたのです」

「おまえの話を聞いた時は、にわかには信じられなかったが……」

そう。私は時を逆行してきたのだ。

十年後にシャルロッテ嬢ではないもう一人の『光魔法』を使う令嬢を処刑する際に立ち会った死刑執行人は私だ。

貴族の死刑執行を行うのは、王国騎士団の第十三師団で、私は第十三師団所属だった。有罪とはいえ、少女を処刑するのは気が進まなかったが、ランダムで選ばれる仕組みなので仕方がない。

ちなみに死刑執行人は死刑囚の遺族の禍根とならないために、白い頭巾を被ることが義務づけられている。

王太子殿下の婚約者であった令嬢が断頭台の露と消えた後に、雷が断頭台に落ちた。断頭台上にいた私は雷に感電して、命を落としたのだ。

「命を落とした後、私は光の帯に包まれました。あれを輪廻転生の輪というのならば、そうなのでしょう。ですが、途中で綻びがあり、そこに落ちてしまったのです」

確実に命を落としたはずなのだが、気づけばなぜか十年前の世界だった。

現在十七歳の私は王太子殿下の護衛騎士となり、殿下に時を逆行してきたことを告げ、信用されるために先に起こる出来事を事細かに説明した。

最初は疑心暗鬼だった王太子殿下だが、私の言うとおりの出来事が起こるために、信用することにしたようだ。

「しかし、なぜ処刑された令嬢の顔や名前を覚えていないのだ？　おかげで王国中の貴族令嬢を鑑定する羽目になったではないか」

私は感電した衝撃で処刑された令嬢の顔も名前も覚えていなかったのだ。

何故かシャルロッテ嬢のことは覚えていたのだが……。

「結果『光魔法』の属性を持つ令嬢はいなかった。おまけにシャルロッテ嬢は『無属性』だ。この先、光属性に変わることも考えられるが」

「では、婚約者候補はシャルロッテ嬢ですか？」

しかし、王太子殿下は首を横に振る。

「今後、属性が変わる者がいるかもしれぬし、光属性の魔法を使える令嬢が生まれるかもしれぬ。

確証が得られるまでは婚約者は決めないことにする」

——『光魔法』を使うもう一人の令嬢。

私は処刑に立ち会った時のことを思い出す。

彼女が最後に自分は無実だと訴えていたことだけは覚えていた。

時を逆行してから、実は彼女は冤罪だったのではないかと考えた。

有罪にしても、今世では同じ道を辿ってほしくはない。待っているのは悲劇だからだ。

そこで、意を決して時を逆行してきたことを王太子殿下に告げたのだ。

王太子殿下が鑑定眼を持っていることは知っていた。『光魔法』を使う令嬢を探すには王太子殿下に頼るしか手がない。

「ところで殿下はグランドール侯爵家のご兄妹を気に入られたようですね？」

「そうだな。ジークフリートは優秀なようだから将来有望だ。それにグランドール侯爵家は広大な領地を有している。資源も豊富にとれるし、穀物の収穫量も国内一だ。後ろ盾になってくれればと思う。カトリオナ嬢は……」

言葉を止めた王太子殿下を訝し気に見る。

「カトリオナ嬢は可愛いな。社交界の華と謳われる侯爵夫人によく似ている。大人になったら美しく成長するだろうな」

頬が少しバラ色に染まった王太子殿下は九歳の少年らしい顔に戻る。

私はグランドール侯爵家を訪問した時のことを思い出す。

カトリオナ嬢はカタカタと震えながらも淑女らしく挨拶をしていた。

恥ずかしそうに俯く彼女を初々しく、可愛いと思ったのだと王太子殿下は語る。

「バラが好きだと言っていたな。今度会った時にはバラを贈ろうか」

馬車は王都に向かい、さらに進んでいく。

第二章

声の主は木の上から降りてきた。輝く黄金の髪と瞳の美しい女性だった。

「その赤い実、美味しそうなのじゃのん。わたくしにも食べさせてほしいのじゃのん」

話し方がおかしい。語尾に「のん」がついている。口ぐせだろうか？

邪気はないので、魔物ではないだろう。むしろ神々しい。

「……はい。どうぞ」

女性にもぎ取ったばかりの苺を恐る恐る差し出す。口を「あ～ん」と開けたので、食べさせろということかな？　口に苺を持っていくと、ぱくっとかぶりつく。

「んん。美味しいのじゃ……のん！」

頬に手をあてて、飛び跳ねている。本当に美味しかったのね。なんか可愛い。

「あの……貴女はどなたでしょうか？」

「わたくし？　わたくしは……」

「光の神だ」

女性が言い終わる前に、レオンが言葉を遮った。警戒の態勢をしていたのに半眼になっている。

あ、これ呆れた顔だ。

「「ええっ⁉」」

マリーと私は同時に驚きの声をあげる。

「森の神は相変わらず無粋なのじゃ……のん。わたくしは光の女神なのじゃ……のん」

ふんとレオンが鼻を鳴らす。

「お前は相変わらず気まぐれなようだな。木の上から声を掛けられたら、リオが驚くだろう。まともに姿を現せ」

光の女神様はすたすたとレオンの下に歩いていくと、額を小突く。

「今日は森の神に文句を言いに来たのじゃ……のん」

「分かっている。リオのことだろう?」

むむと顔を顰める光の女神様。でもその仕草は可愛い。

「その子はわたくしが眷属にしようと思っていたのじゃ。横からかっさらうなんてひどいのじゃ！」

ひえええええ！　これ、お怒りモードだよね？

でも、眷属にされると、破滅ルートまっしぐらだ。

というか「のん」とれていますけれど？　本当は言いにくいのでは？

「あ……あの。光の女神様。聞いてほしいことがございます。マリーにもいつか話すと言ったことがあるでしょう？　聞いてくれる？」

マリーは「もちろんでございます」と頷いてくれる。

レオンに顔を向けると「やむを得んな」と納得してくれる。

「うむ。聞くのじゃ……のん。話してみるといいのじゃ……のん」

レオンに語ったことを、光の女神様とマリーは同時に私に同じように語る。

語り終えると、光の女神様とマリーは同時に私に抱きついてきた。

「可哀想なのじゃ！　人間はひどいのじゃ！」

「無実のお嬢様を処刑するなんて……王太子殿下はカスです！」

二人とも号泣している。そういえば、レオンも号泣していたな。神様って涙もろいのかしら？

「信じてくれるのですか？」

光の女神様の私を抱く力が強くなる。痛いです。

「当たり前なのじゃ！　リオの魂はきれいなのじゃ。嘘をつくはずはないのじゃ！」

マリーも力強く頷くと、抱く力がさらに増す。

「お嬢様の言うことに偽りがあるはずがございません！　マリーは何があってもお嬢様の味方です」

うう。ありがたいけど、苦しい……。レオンに助けてと目で訴える。

「いい加減、リオから離れろ。光の神よ。苦しがっているだろう」

くるりとレオンに顔を向けると、光の女神様はにやりと笑う。涙はどこにいった？

「羨ましいのじゃ……のん？　でもわたくしもリオを気に入ったのじゃ。そういう理由があるのなら『神聖魔法』をセカンド・マナにするといいのじゃ……のん」

「セカンド・マナとは何ですか？」

ふふと光の女神様が笑う。

「セカンド・マナとは名のとおり、二つ目の魔法属性のことだ」

「二属性の魔法を持つこととは違うの？」

レオンは少し考えてから、言葉を紡ぐ。

「マナとは失われし言葉で人間が秘めている魔力のことだ。神は秘められた力を引き出し、いくつかの魔法属性を授けることも可能なのだ。セカンド・マナとは二属性目の魔法と同じだと思ってよい。ただ、人間の鑑定眼では見えぬだけだ」

「わたくしが説明しようとしていたのに、美味しいところを持っていったのじゃ！　森の神はいけずなのじゃ！」

光の女神様がきぃぃぃと怒っていらっしゃる。レオンはふふんと鼻を鳴らしていた。

この神様たち仲が悪いのかしら？

「セカンド・マナはファースト・マナが『創造魔法』になっている限り、人間の鑑定眼では見抜くことはできないのじゃ……のん。でも『神聖魔法』も使えることができるから安心していいのじゃ……のん」

よく分からないけれど、鑑定では『創造魔法』としか出ないのね。

あ。ロストマジックだから『土魔法』か『植物魔法』か。

『神聖魔法』も使うことができて便利ってことでいいかな？

「それにしても、時を逆行するなんてあり得るのでしょうか？」

泣き止んだマリーがハンカチで鼻をふきながら、聞いてくる。

「むむ。時の神なら何か知っているかもしれないのじゃ……のん」

「呼んだか？　ピンポロリン」

何もない空間から黒い竜の顔が出てくる。大きい！

「「きゃー！」」

女性陣の悲鳴が森に響く。

「時の神か。何もないところから出てくるな。まずはミニサイズになってから出てこい」

レオンは冷静なのじゃ……のん。あ。光の女神様の口ぐせがうつった！

「分かった。待っていろ。ピンポロリン」

ポンという音がすると、子猫くらいの小さな黒い竜が現れた。首に時計を下げている。

「これでいいか。ピンポロリン」

「か……可愛い！」

「褒めるなよ。照れるぜ。ピンポロリン」

竜……時の神様はテヘへと頬をかく。爪が鋭利なので「いてっ！」と言っている。

うん。そうなるよね。

「……そのピンポロリンって何ですか？」

「口ぐせだ。気にするな。ピンポロリン」

ものすごく気になります。神様って変な口ぐせをつけるのがステイタスなのかな？　レオンがものすごくまともな神様に見える。もふもふだし。

「俺に用があるのか？　ピンポロリン」

時の神様にも時を逆行したことを語る。聞き終えた後、だーと涙を流す時の神様。

やっぱり神様って涙もろいんだ。

「ぐすっ。たぶん、輪廻の帯に亀裂（きれつ）が入っていたんだな。ぐすっ。ピンポロリン」

「輪廻の帯なんてあるのですか？」

「うん。ぐすっ。人間は死を迎えると魂が輪廻の帯に乗って、次の生に辿り着くんだ。ぐすっ。あまりにないことだけど、亀裂が入っていると綻びに落ちて、時が戻ってしまうのだ。ピンポロリン」

輪廻転生って本当にあるのね。

「なるほど。リオはその亀裂に落ちて時が戻ったのじゃ」

語尾が「のん」じゃなくなった⁉　本当はそちらが素なのではないかしら？

でも、これで時が戻った理由が分かった。その亀裂に感謝する。

だって時が逆行しなかったら、レオンに会えなかった。

「俺は輪廻の帯を点検（てんけん）してくる。また会おうな、リオ。ピンポロリン」

時の神様は元のとおり何もない空間に戻っていった。

「時の神様って別の空間にいるの？」

「正しくは時空間だな。あやつは過去と未来を行ったり来たりして、輪廻の帯を管理しておるのだ」

「わたくしは神の世界にいるのじゃ……のん。でもリオがいるなら人間界にいてもいいのじゃ……のん」

「いや。帰れ」

レオンが冷たく言い放つと、光の女神様は私に泣きついてくる。

「森の神がいけずなのじゃ！」

「レオン。光の女神様をあまりいじめてはダメよ。男性は女性に優しくしないと」

むうとレオンが唸る。

「甘やかすなよ。リオ。そやつは気まぐれだ」

「森の神はレオンと呼ばれているのじゃ？　そうじゃ！　わたくしにも名前をつけるといいのじゃ！」

ぱっと顔を上げるともう涙が止まっていた。本当に気まぐれかも？　それにしても光の女神様の名前か。しばらく思案する。

「では、フレア様はいかがでしょうか？」

「フレア。うむ。いい響きなのじゃ……のん。気に入ったのじゃ……のん」

うふふと頬を染めて微笑んでいる。嬉しいのかな？

「気に入っていただけて何よりです。よろしくお願いいたします。フレア様。それと無理して語尾に『のん』をつけなくてもいいですよ」

「うむ。よろしく頼むのじゃ。時の神がピンポロリンとか可愛く語尾につけるから、わたくしも可愛い語尾がつけたかったのじゃ」

時の神様のピンポロリンが羨ましかったのか。言いにくいと思うのだけど……。

「フレア様はそのままでも、お美しいので普通にお話しくださいませ」

「リオが褒めてくれたのじゃ。嬉しいのじゃ！　元の話し方に戻すのじゃ」

ぴょんぴょんと噴水の周りを飛び跳ねるフレア様は可愛い。

「初めから普通に話せばよいものを……」

ふうとレオンがため息を漏らす。

「それでは、準備をしたらまた来るのじゃ。その時に『神聖魔法』をあらためて授けるのじゃ」

光の女神……フレア様はとうと飛び上がると同時に消えた。

「二度と来なくてもいいぞ」

レオンがフレア様の消えた方向に毒づく。それにしても準備って何かしら？

苺の苗を創造することに成功したので、実がなった苗から苺をもいでいく。この苺を使ってマリーが明日のおやつに苺タルトを作ってくれるらしい。今から楽しみだ。

屋敷に帰る途中、マリーが唐突に口を開く。

「カトリオナお嬢様。ご家族には時を逆行したことをお話しになられないのですか？」

「う～ん。突拍子もない話だから信じてもらえるかどうか分からないわね。いずれは話したいと思っているけれど……」

「旦那様も奥様も、お嬢様を信じてくださると思いますよ。ジークフリート様だって……」

マリーは私の前に回り込んで、腰に手を当てて仁王立ちする。

「同じことになれば、私は命をかけてお嬢様をお助けします。それにご家族を処刑したのは、あのカス王太子ですよ」

仮にも王太子にカスって……。不敬よ。私も同じことを思ってはいるけれどね。

「ありがとう、マリー。まだ時はあるし、話すかどうかはじっくり考えることにするわ」

「話す時が来ましたら、教えてくださいね。私も僭越ながらお力になります」

レオンがふっと笑う。

「レオン、どうしたの？」

「いや。良い主従関係だと思ってな」

そういえば、マリーはどうしてここまで尽くしてくれるのかしら？

執事長を助けたのが私のお父様だから？　私がお父様の娘だから？

私の疑問には、マリーが答えてくれた。

「私はお嬢様がお生まれになった時から、このお屋敷におります。生まれたばかりのお嬢様はまるで天使のようでした。あまりにお可愛いので、つい指を出してしまったら、私の指をお嬢様がぎゅっと握ってくださったのです」

父には叱られましたけどねと、マリーは舌をぺろっと出す。

「奥様が『この子は貴女のことが好きなようね』と仰ったら、お嬢様は答えるように微笑まれたのです。一目惚れでした。この方は一生私がお守りしようと思いました」

　一目惚れって……。女同士でいけないわ。

　マリーは天然ちゃんだから、そういう意味で言ったわけではないと思うけれどね。

「良かったな、リオ。おまえを愛する人間はたくさんいる」

「レオンも私のことを愛している？」

「もちろんだ」

「ありがとう。私もレオンが大好きよ！」

　レオンの額に唇を落とす。毛で覆われているけど、気にしない。

「ませているな。おまえは……」

　ふいとレオンが横を向く。あれ？　照れている？

「お嬢様。私は？」

「マリーも大好き！」

　背伸びをすると、マリーが私に合わせてかがんでくれる。柔らかい頬に口づけをしたら、マリーは嬉しそうに微笑んだ。

　フレア様は意外と早く私の下にやってきた。

フレア様にお会いしたその日の夜、本を読みながら部屋でくつろいでいると、窓をこつこつと叩く音がするので、カーテンを開ける。

金色の美しい鳥が嘴でこつこつと窓をつついているのが見えた。

「わあ。きれいな鳥さんだわ」

「むっ！　光の神か？」

レオンの言葉に驚く。ええ⁉　この鳥さんはフレア様なの？

急いで窓を開けると、金色の鳥は優雅に部屋の中に舞い込み、人型になった。

本当にフレア様だった。

「は〜い。リオ。来たのじゃ！」

「こんな夜更けに来るとはな。非常識なやつだ」

思い切り顔を顰めているレオン。かなり不機嫌そうだ。

「神には夜も昼もないのじゃ」

「フレア様は鳥のお姿なのですね」

「神には決まった姿はないのじゃ。森の神……今はレオン？　だったのじゃ。彼も人型になれるはずなのじゃ」

くるりとレオンの方を向く。

「本当なの？　レオン、ちょっと人型になってみせて」

「あまり人型は好かん」

「そんなこと言わないで。ちょっとだけでいいから。お願い！」

手を合わせてレオンを拝みたおす。むうと唸ると「ちょっとだけだぞ」と立ち上がる。

ふわっと包み込むような優しい風が吹くと、人型が現れる。

白銀の髪に青と金のオッドアイ。長身の美しい青年だ。

「……レオンなの？」

「そうだ」

きれい。レオンは人の姿になってもきれいだ。しばらく見惚れてしまう。

「リオはこちらの方が好みか？」

「人の姿もきれいだけど、もふもふの姿も好き」

ふっと笑うと「そうか」と小さな獣の姿に戻る。

「わたくしは人の姿の方が楽なのじゃ」

「光の神。まさかここに居座るつもりではあるまいな？」

「フ・レ・アなのじゃ！　居座るつもりはないが、ちょくちょくリオに会いにくるつもりではいるのじゃ」

ちょくちょくですか？　いや。いいけど。

フレア様はきれいだから目の保養(ほよう)になるし、それに仕草が可愛いから、見ていて飽きない。

「ふん！　ここに来る時は鳥の姿でいろ」

「どうしてなのじゃ？　人の姿でもいいと思うのじゃ？」

フレア様はぷうと頬を膨らませる。

「おまえはよくても、人の世界、特に貴族の世界は人付き合いにうるさいのだ。獣の姿の方が余計な説明がいらぬからな」

「ふむ。人の世界は面倒くさいのじゃ。でも分かったのじゃ！」

私の両親ならフレア様は遠い国からやってきた尊い人ですとか言えば……。

う〜ん。無理があるなあ。

「リオ。『神聖魔法』を授けるのじゃ。そこに跪くのじゃ」

「『光魔法』と『神聖魔法』は違うのでしょうか？」

「『神聖魔法』は『光魔法』の上位魔法なのじゃ。リオのように魔力量が多い人間以外には扱えぬ代物なのじゃ」

それで最初にレオンに会った時に光属性の『神聖魔法』と言っていたのね。納得！

「はい。分かりました。フレア様」

レオンの眷属になった時と同じように膝をつき、両手を組み合わせる。

フレア様が私の頭に手をかざすと、魔力が流れ込んでくる。

「これでリオは『神聖魔法』を使えるようになったのじゃ。セカンド・マナにしておいたから、人間の鑑定では分からないのじゃ」

「ありがとうございます。フレア様。ところでお聞きしたいことがあるのですが？」

先を促すようにフレア様はうむと頷く。

「フレア様は私の他に『光魔法』、もしくは『神聖魔法』を授けた人間はいるのでしょうか？　シャルロッテ・キャンベルという名前に覚えはございますか？」

う〜んとフレア様は考え込む。

「『光魔法』を授けたのは百年前なのじゃ。そのシャルロッテという人間も知らないのじゃ」

「でも、前世で十五歳まで『無属性』だったシャルロッテは『光魔法』を使っていたのです」

「それはおかしいのじゃ。わたくしは今のところリオ以外に『光魔法』を授ける気はないのじゃ」

フレア様の言葉に違和感を覚える。

「シャルロッテとかいう娘のことは俺が調べてきてやろうか？」

フレア様の影からぬっと黒髪の少年が出てくる。

「わっ！　影から人が出てきた！」

少年はむっとすると、フレア様の影から完全な姿を現す。

黒い髪に黒い瞳。着ているものまで黒一色だ。

「俺は闇の神だ。そこの光の神は俺の姉ちゃんだよ」

「闇の神様⁉」

フレア様は少年……闇の神様の頭をこつんと叩く。

「姉ちゃんではなく、お姉さまと呼ぶのじゃ！」

光と闇の神様は姉弟神だったのね。今日は驚きの連続だ。

「気になるんだろう？　姉ちゃん……じゃなかった姉上。そのシャルロッテという娘を調べてきてやるよ」

「うむ。頼むのじゃ」

頷くと、闇の神様は私の方に指をつきつけて「言っておくが、おまえのためじゃないからな！」と言い放つと、とぷんと影の中に消えていった。

あれ？　ツンデレ？

闇の神様はシスコンね。気持ちは分かるわ。私もお兄様が大好きだもの。

「闇の神様はフレア様の弟君なのですか？」

「光の神と闇の神は表裏一体(ひょうりいったい)だ。闇の神はたいてい光の神の影で引きこもっている」

レオンが答えてくれた。おおう。闇の神様は引きこもりなのね。

「あやつは影を渡る魔法が使えるのじゃ。リオの知りたい情報を、きっと集めてきてくれるはずじゃ」

闇の神様は諜報(ちょうほう)活動に向いていそうね。

「そうじゃ！　リオにお土産を持ってきたのじゃ」

「お土産ですか？」

神様のお土産って何だろう？　準備するって言っていたのはこのことかしら？

フレア様が斜めがけにしていた小さな鞄(かばん)から、ピンクのリボンがかかった箱を取り出す。

「可愛くラッピングしてみたのじゃ」

得意気に胸をはるフレア様。ふふ。こういう仕草が可愛いのよね。

「可愛いリボンですね。このリボンもいただいてもよろしいですか？」

「もちろんなのじゃ。箱を開けてみるといいのじゃ」

「びっくり箱ではないだろうな」

レオンが胡乱な目で箱を見ると、鼻をふんと鳴らす。

「そんなものはレオンにしか仕掛けないのじゃ。安心するといいのじゃ」

むむと顔を顰めるレオン。フレア様……。レオンにはびっくり箱をプレゼントする気だったのですね。もう一つ箱を持っているもの。

わくわくしながらリボンを解くと、箱を開けてみる。

「わあ！　きれい！」

中には金の鎖のブレスレットが入っていた。等間隔に小さな金細工の可愛い花がついている。

「そのブレスレットを付けていれば、鑑定眼と同じように人間のステータスを見ることができるのじゃ」

「え？　そんなすごいものなのですか？　そのような希少なものを私がいただいても構わないのでしょうか？」

フレア様はひらひらと手を振る。

「リオに贈りたかったから、構わないのじゃ。レオンはリオに何か贈ったのじゃ？」

ちらっと意地悪くレオンを見るフレア様。レオンはふいと顔を背ける。

「……そのうちに贈るつもりでおる」

え？　レオンも私に贈り物をしてくれるのかしら？

「姉ちゃん、行ってきたぞ！」

闇の神様がフレア様の影から再び現れる。

「うむ。どうだったのじゃ？」

腕を組むと闇の神様は難しそうな顔をする。

「シャルロッテという娘は『無属性』だったぞ」

当たり前か。彼女は十五歳までは『無属性』だった。

「シャルロッテというのはリオを陥れた張本人なのじゃ？　仮に前世でそうだったとしても、今世でわたくしがその娘に魔法を与えることはないから安心するのじゃ」

「……はい」

もう一つフレア様に聞きたいことがあった。

「フレア様は光の女神様なのですから『神聖魔法』を使えますよね？　なぜレオンがいた森に『神聖魔法』を使わなかったのですか？」

いくら引きこもりでも神様同士、少しは交流があるはずだ。

フレア様はレオンにちらりと顔を向ける。

「仲の良い神同士でも事情があるのじゃ。引きこもりレオンが森から出てくることができて良かったのじゃ」

「リオのおかげじゃ」とフレア様に頭を撫でられた。

レオンは「おまえに引きこもりと言われたくはない」と毒づくと、ふいとフレア様から顔を背けてしまった。何やら話を逸らされた気がする。

フレア様と闇の神様が神の世界に帰った後も、ベッドの中で考え事をしていた。

「リオ、眠れないのか？」

レオンが獅子の姿になって、私を包み込んでくれる。温かい。レオンの温もりはとても落ち着く。

「シャルロッテという娘が気になるのか？」

「……うん」

口には出さないけれど、レオンのことも気になる。

レオンが頬をペロリとしてくれる。慰めてくれているのかな？

「我がついておる。安心して眠るがよい」

「うん」

不安が自然と吹き飛ぶ。レオンがそばにいてくれれば、大丈夫だと思えるから不思議だ。

私はレオンのもふもふに包まれて、心地よい眠りに誘われた。

◇◇◇

朝から何も予定がない日は、朝食の後、三人で森へ向かうのが日課になっていた。マリーは早起き（といっても屋敷の使用人は元々、早起きなのだが）して苺タルトを作ってくれたようだ。

「本日は何をなさるご予定ですか？」

「今日はね。皆でくつろげるあずまやを作ろうと思うの。ほら！　いつも敷物だとお尻が痛いでしょう？」

あずまやのデザインはバラ図鑑に載っていた建物を参考にして、作ってみようと思う。

「我は少し森の様子を見てくる。すぐに戻るゆえ、先に行っておれ」

「分かった。気をつけてね。レオン」

うむと頷くとレオンは森の中へ駆けていった。

森のローズガーデンに辿り着くと、いつもの景色と違っていることに気づく。噴水に睡蓮が咲いている。

「まあ、睡蓮ですね。噴水に睡蓮が咲くように、お嬢様が魔法をかけられたのですか？」

「ううん。睡蓮の花は創造していないわ」

噴水を覗きこむと、一匹の亀が悠々と泳いでいた。

「あら？　亀がいるわね」

「本当ですね。わりと大きな亀ですね」

甲羅の大きさが一リルド（一メートル）くらいある。噴水は水遊びをするために、そこそこの大きさで作ってあるが、泳いでいる亀には狭いと思う。

「儂は亀ではないのだぞぞぞ」

亀は私たちの方に泳いでくると、ぬっと顔を出して、しゅたっと手を挙げた。

「「亀がしゃべった!?」」

「亀ではないと言うておるのだぞぞ。儂は水の神なのだぞぞ」

「ええっ!?　水の亀様？　じゃなかった。水の神様なのですか？」

水の亀様じゃなくて水の神様は首を伸ばすと、うむと頷く。

「おや？　水の神の翁ではないか？　久しいな」

森の見回りから戻ったレオンが、挨拶をしている。

レオンが言うのなら、間違いなく水の神様なのだろう。

「森の神、久しいのだぞぞ。心地よい水の気配がしたので、来てみたのだぞぞ」

昨日からいろいろな神様が訪ねてくるな。

それにしても水の神様の口癖は「ぞぞ」か。翁って言っていたから、お年を召しているのかな？　声も口調もそれっぽい。

顎には白いひげを蓄えている。絵本で見た老人の姿の神様のようだ。

「むむ。そちらの栗色の髪の娘は水属性の魔法を使えるのだぞぞ？　噴水の水はお主の魔法なのかぞぞ？」

栗色の髪といえば、マリーだよね。私の髪の色は白銀だもの。

「はい。噴水の水は私の『水魔法』で生み出したものです」

水の神様の質問に答えるマリーだ。

「やはりなのだぞぞ。水からはお主と同じ波動を感じるのだぞぞ」

ふと疑問に思っていたことを、水の神様に聞いてみることにする。

「睡蓮は水の神様が咲かせてくださったのですか？」

「そうなのだぞぞ。この睡蓮は水を浄化させる魔法がかかっているのだぞぞ」

なんと！　睡蓮にはそんな役割があったのか？　これならいちいち噴水の掃除をしなくてすむ。

「感謝いたします。水の神様」

「こちらの娘は森の神と光の神の波動を感じるのだぞぞ」

「リオは我の眷属だからな。気に入らぬが光の神も『神聖魔法』を授けた」

気に入らないって……。フレア様ともう少し仲良くしようね。レオン。

「ふむふむなのだぞぞ。『創造魔法』と『神聖魔法』を授かった人間に会うのは二百年ぶりなのだぞぞ」

ん？　『創造魔法』と『神聖魔法』？

「レオン！　セカンド・マナは見えない仕様じゃないの⁉」

「神が持つ神眼と人間の鑑定眼は違うものだからな」

……神様の眼は万能ってことなのね。どこまで情報が分かるのだろう？　そうだ！　フレア様にいただいたブレスレットをつけてみよう。

試しにマリーを見てみると『魔法属性：風・水』と頭の上に浮かび上がる。

次はレオンだ。……『鑑定不可能』と浮かび上がった。うん。神様だものね。

水の神様はマリーを気に入ったようだ。

「お主、儂の眷属になるとよいのだぞぞぞ」

「身に余るお申し出ではございますが、私は神様の眷属になる器ではございません」

「謙虚なのだぞぞぞ。ますます気に入ったのだぞぞぞ。もれなく特典として『浄化魔法』をつけるのだぞぞぞ」

それを聞いたマリーの耳がぴくっと動く。

「どんなものでも浄化できるのでしょうか？　しつこい汚れやとれないシミなど……」

「具体的なのだぞぞぞ。もちろんなのだぞぞぞ。新品同様になんでも浄化できるのだぞぞぞ」

「眷属になります！」

きらっと顔が輝くマリー。周りに星が輝いて見えるのは気のせい？　そんなに掃除にこだわりがあるの⁉

「うむうむうむなのだぞぞぞ。ではそこに跪くのだぞぞぞ」

マリーは噴水近くに跪くと、両手を組み合わせる。水の神様はマリーの頭に手を置くと魔力を送る。マリーの周りが水の泡が浮かんでいるように輝く。

「これで眷属の契約は終わったのだぞぞぞ。そういえば、名前を聞いていなかったのだぞぞぞ」

立ち上がったマリーはカーテシーをする。

「マリーと申します」

「うむうむうむなのだぞぞぞ。森の神もレオンと呼ばれているようじゃから、儂にも名前を付けてほしいのだぞぞぞ」

　マリーはう〜んと指を顎に当てて考えている。

「では、トルカ様はいかがでしょうか？」

「トルカ……気に入ったのだぞぞぞ」

　水をパシャパシャさせている。嬉しいのだろうな。

　レオンも名前を付けた時に尻尾が激しく揺れていたもの。

「水の神様もレオンと同じように我が家にお越しになられますか？」

「儂はこの噴水が気に入ったのだぞぞぞ。ここに住んでも構わぬのだぞぞぞ？」

「水の神様がよろしければ、ぜひ！　ここならばマリーも毎日来られますし」

　水の神様は笑うように目を細めて、首を伸ばし縦に振る。

「白銀の髪の娘はリオと言うのかぞぞぞ？　お主も儂を名で呼んで構わぬのだぞぞぞ」

「よろしいのですか？　ではトルカ様。よろしくお願いいたします」

　水の神様……トルカ様は「うむうむうむなのだぞぞぞ」と言うと、噴水の中を再びすいすいと泳ぎだした。

「マリー、良かったわね。トルカ様の眷属よ。すごいじゃない！」

「はい！　これでお嬢様のお部屋を毎日ピカピカにできますし、ドレスや装飾品を新品同様にお手入れできます」

　本当に掃除目的なのね。仕事熱心なのはいいのだけど、自分のためにも魔法を使ってね、マリー。

「マリーは欲がない娘だ。リオが大切で堪らないといった感じだな。あれなら魔法を悪いことには使うまい」

私の思考を読んだように、レオンが呟く。

「神様の眷属で悪いことに魔法を使おうとする者がいるの？」

「眷属になり立ての頃は敬虔でも、そのうち野心を持ち始める輩がおる」

推測に過ぎないけれど、前世のシャルロッテもそうだったのかしら？

「もっとも、リオとマリーは大丈夫だろうがな」

信じてくれているのね。私はレオンに抱きつく。

「私はレオンや皆と穏やかに暮らしたい。それだけが願いだわ」

前世のような波乱な人生はもうたくさんだ。

「リオの願いを叶えるために我も尽力しよう」

マリーがレオンに抱きつく私をじっと見ている。もふもふしたいのね。

「マリーももふもふが好きよね。レオン、マリーももふもふしていいわよね？」

「はい！　もふもふは正義です！」

にっこりと笑いながら、ぐっと拳を握るマリーだ。

「……もふるのを許可する」

「では、僭越ながらブラッシングをさせていただきます！」

ブラシをさっと取り出すと、『浄化魔法』を付与し、レオンの毛並みを堪能しながら鼻歌まじりで整えていく。

「儂の甲羅を堪能しても構わぬのだぞぞ」

いつの間にか水から上がってきたトルカ様が首を伸ばして、甲羅をほれほれと指している。

私はブラシを創造すると、トルカ様の甲羅を磨き始めた。

トルカ様の甲羅を磨きあげた後は、あずまやを創造するべく、我が家の図書室から借りてきた『建物の構造』という本を読む。

ちなみにマリーにブラッシングされたレオンの毛並みは、白銀に輝いて艶々だ。

「お嬢様の御髪も明日から『浄化魔法』を付加してブラッシングいたしますね」

マリーはブラシを掲げて張り切っている。

最初から読んでいた本は、まもなく目的のページに辿り着く。どれどれ。

あずまやの構造は「眺望を目的とするため、壁はなく柱と屋根のみの簡素な建物である」か。

なるほど。これなら簡単そうね。

中には中央にテーブルと椅子を設置して、形は……そうね。円形にしましょう。噴水も円形だし、きっとローズガーデンに馴染むわ。

あずまや用に開けておいた区画に魔力を送りこむと、柱が円形にのび、屋根が形成される。中には丸いテーブルを囲むように椅子が並ぶ。材質は木だ。

「どうかしら？」

「素敵ですわ。お嬢様」

あずまやの中に入ると木のいい香りがする。成功だ。

「リオは刺繍のセンスはないが、建造物にはセンスが見受けられるな」

どうせ女子力はありませんよ。刺繍をすれば、奇怪な花の刺繍になるし。

でも色のセンスが求められない物づくりはわりと好きなのよね。

「ちょうどお昼ですので、昼食にいたしましょう。デザートは苺のタルトですよ」

待っていました！

今日のメニューはローストビーフとレタスのサンドイッチと、卵とチーズのサンドイッチ。あとは果物とよく冷えた紅茶だ。

創造したばかりのあずまやのテーブルに広げられた昼食はどれも美味しそうだ。

苺のタルトが特に輝いて見える。

「美味しそう。いただきます！」

椅子に腰かけてから、まずはローストビーフのサンドイッチを手に取る。

「美味そうなのじゃ！　わたくしにもごちそうしてほしいのじゃ」

フレア様があずまやに入ってきた。今日も麗しいですね。

「おまえはちょくちょくではなく、毎日来ておるではないか」

レオンが呆れたようにフレア様に毒づく。

「わたくしはリオに会いたいから来ておるのじゃ」

フレア様は私にぎゅっと抱きつくと、隣に座った。

「いいじゃないの、レオン。ごはんは皆で食べた方が美味しいわ」

「我の食べる分が減る」

「レオンは狭量じゃ。神のくせにケチなのじゃ」

「大丈夫です。こんなこともあろうかとたくさん用意してまいりました」

大きなバスケットを二つも持っているなと思ったけれど、さすがはマリーね。用意周到だわ。

「おい。俺にも食わせろ」

フレア様の影から闇の神様が出てくる。

「どうぞ。召し上がってくださいませ」

人数分の紅茶を用意するマリーのそばにはトルカ様もいる。

「儂にもごちそうしてほしいのだぞぞ」

「水の神の翁、久しぶりじゃ。海を旅していたと聞いたが、帰ってきたのじゃ？」

トルカ様は海を旅していたのか。後でお話を伺おうかな？　海は行ったことがないもの。

「うむうむなのだぞぞ。王都に行く途中、ここに立ち寄ったら、心地の良い水の気配がしたのだぞぞ」

トルカ様はマリーを眷属にしたこと、この噴水に住むことにしたことをフレア様に語っていた。

「リオの侍女に目をつけるとは、お目が高いのじゃ」

「この料理は美味いな。おまえが作ったのか？」

ローストビーフのサンドイッチを食べながら、闇の神様がマリーに訊ねる。

「はい。お口に合って良かったです」

「おまえ、俺の眷属にならないか？　毎日食事を作ってくれ」

闇の神様、それプロポーズみたいです。

「水の亀……神様……トルカ様の眷属になったので、ありがたいお話ではありますが、闇の神様の眷属になるわけにはまいりません」

「では『闇魔法』をセカンド・マナで授けてやろう。俺が人間に魔法を授けるのは二百年ぶりくらいだ」

そんなにマリーの作った料理が食べたいのでしょうか？

確かにマリーの料理は我が家の料理長直伝(じきでん)で美味しいけれど。

「鑑定には出ないというものですね。でも『闇魔法』なんて恐ろしいものが私に扱えるのでしょうか？」

「『闇魔法』自体は怖いものではないぞ。例えば主人が危機に陥った時、影を渡ってすぐに駆けつけることができる」

またもや、マリーの耳がぴくりと動く。

「のった！　『闇魔法』をお授けください！」

闇の神様がにやりとする。確信犯だな。

「食事の後、魔法を授ける。それと俺の名前も考えておけ」

「はい。これでお嬢様が危険な時に、すぐに駆け付けられます！」

マリー。貴女はどこに向かっているの？　マリーの未来が心配になってきた。

お待ちかねの苺タルトを切り分けてもらい、一口サイズに切って口に入れた。苺とカスタードクリームの甘さと、しっとりとしたタルトの生地が見事にマッチしている。

「んん。美味しい！　苺タルト最高！」

「あの赤い実を使った菓子なのじゃ！　美味いのじゃ！」

「本当に美味いな。やっぱり眷属に欲しい」

闇の神様がトルカ様に抗議するような目を向ける。

「儂の眷属なのだぞぞ。美味いのだぞぞぞ」

トルカ様は苺タルトを食べながら、マリーは譲らんと言っている。

まるで結婚を反対している父親のようだ。

「苺でこのような菓子が作れるとはな。リオ、苺をもっと創造するのだ」

食いしん坊レオンは苺タルトが気に入ったらしい。

レオンだけではなく、他の神様たちも苺タルトをお気に召したようだ。

今日も実をつけた状態で苺の苗を創造しよう。

昼食後、闇の神様がマリーに『闇魔法』を授けた。

跪くマリーに闇色のオーラが漂(ただよ)っていたけれど、大丈夫かしら？

「俺の名前は考えてくれたか？」

「はい、ダーク様はいかがでしょうか？」

「うん、いいんじゃないか。それと姉ちゃんのお気に入りの娘、リオだったか？　おまえにも名前で呼ぶことを許す」

ふんと胸を張って顔を反らす闇の神……ダーク様。子供が背伸びをしているみたいで可愛い。神様だから見た目どおりの年齢じゃないだろうけどね。

「ありがとうございます、ダーク様。これからよろしくお願いいたします」

マリーと揃ってカーテシーをする。

「弟！　いやダークなのじゃ。姉ちゃんではなく、お姉さまと呼べといつも言っておるのじゃ！」

フレア様がダーク様の頭にげんこつを落とす。

姉弟仲がよろしいですね。

◇◇◇

バラが開花する時期がやってきた。私の作ったローズガーデンはちょうど花盛りだ。

花が咲く前の状態で植えたバラの苗木は徐々に蕾がふくらみ、見事な花を咲かせた。マリーの助言で配置をしたバラは色とりどりで美しい。ローズガーデンをあずまやでうっとりと眺める。

「きれいね」

「ええ。本当に美しいバラばかりで素晴らしいです」

テーブルに頬杖をつき、マリーと二人でうふふと顔を緩ませている。レオンは椅子の上で寝そべっていた。毎日マリーがブラッシングをしてくれているので、白銀の毛並みはもふもふ度が増している。

最近は私も『浄化魔法』が付加されているブラシを使って、レオンのブラッシングを手伝っている。だって、もふもふが堪能できるからね。

ちなみに私の髪も艶々だ。家族がどうしたらそんなに髪が艶々になるのかと不思議がっていた。特にお母様は興味津々だった。女性だからね。

いいブラシが手に入ったのだと、ちょっと苦しい言い訳でごまかした。

お母様もそのブラシが欲しいというので、マリーに『浄化魔法』を付加してもらったブラシをプレゼントした。

そして、お母様の髪も艶々になった。元々、美人だけれど、さらに美しさに磨きがかかったので、お父様は惚れ直したようだ。

両親の仲がいいのは私としても喜ばしい。

「せっかくだから、神様たちもお呼びしてお花見ができるといいわね」

「やめておけ。神は酒が好きだからな。花見にかこつけてバカ騒ぎになるぞ」

寝そべっていたレオンが体を起こし、伸びをしている。あああああ。その仕草も可愛い。もふもふしていい？

マリーの手もわきわきしている。もふもふしたい時に出る癖（くせ）になってしまったようだ。

「……もふりたいのか？　ちょっとだけだぞ」

「やった！」

もふもふ度を増したレオンの毛並みはさらに触り心地がいい。マリーと二人でレオンをもふる。

「うむ。耳のあたりもかいてくれ。顎の下もよいな」

ちょっとだけと言いつつも、嬉しそうだ。喉がゴロゴロいっている。

「神様たちはお酒が好きなの？　レオンも？」

「酒は好きだが、我は嗜む程度だ。他の神は酒豪ばかりだ。特にフレアは酒癖が悪い」

「でも、神様たちにはお世話になっているから、ご招待したいわ」

「うふふふ。いいことを聞いたのじゃ。花見じゃ！　酒盛りじゃ！」

あずまやの入り口にフレア様が満面の笑みで立っていた。

「一番聞かれたくないやつが来おったか」

レオンが嫌そうに顔をしかめる。眉間にしわが寄って怖い顔になっているよ。

さっきまで嬉しそうだったのに……。

「明日は花見じゃ！　早速、神たちに知らせるのじゃ。ダーク、行くのじゃ！」

ダーク様がフレア様の影から姿を現すと、手を挙げる。

「分かった。姉ちゃ……姉上。マリー、酒のつまみに期待しているぞ」

さりげなく、酒のつまみを要求していったダーク様。お酒を飲むのかな？

少年の姿だけど、私たちよりずっと年上だからありなのかな。

「まあ、腕がなりますね。何を作りましょうか？」

「マリー、私も手伝うわ」

「お嬢様にお料理をさせるなど、とんでもありません！」

「お料理を覚えたいの。お願い、マリー」

マリーに手を合わせて頼む。ふうとため息を吐くとマリーは「仕方ありませんね」と渋々納得してくれた。

料理には前から興味があった。貴族令嬢が料理をすることはあまりないけれど、稀に趣味で料理を作る令嬢もいると聞く。

「後悔をしても知らんぞ」

眉間にしわを寄せたまま、レオンが呟いた。


翌朝は早起きをして、厨房へと向かう。厨房にはすでにマリーがいて、料理の準備をしていた。

「おはよう、マリー」

「まあ、お嬢様。よくこんな時間に起きられましたね」

「レオンに起こしてもらったの」

マリーが私を起こさずに一人で準備をすることなどお見通しだ。

生まれた時からの付き合いは伊達じゃないのよ。

じろっとレオンを睨むマリーだが、レオンは素知らぬふりだ。

「さあ、準備しましょう。私は何をすればいいかしら？」

「では、キッシュを作りますので、卵を割ってボールに入れてください」

「分かったわ」

かごに鶏小屋から取ってきた卵があったので、ボールに卵を割って入れる。

「まあ、お嬢様。器用ですね。初めて卵を割る時は大抵、殻がぐしゃっとなるのですが……」

最近はお料理の本を読んでいるのだけれど、私も上手くできるとは思っていなかった。ふんふんと鼻歌をうたいながら卵を割っていると、レオンが作業台の上に乗ってじっと見ている。

「レオンは椅子に座っていて。毛がお料理に入ってしまうわ」

「我も何か手伝おうと思ってな」

「でも、その姿だと手が使えないのではないかしら？」

ふわっと風が吹くと、白銀の髪の麗しい貴公子が現れる。

「これなら良いか？」

がしゃんとお皿が割れる音がする。マリーが持っていたお皿を落としたのだ。

「……レオン様は……人の姿にもなれるのですか⁉」

そういえば、マリーはレオンの人型を見るのは初めてだった。それは驚くよね。

「レオン、その姿は女性には刺激が強いかもしれないわ。せめてお兄様くらいの大きさになれない？」

「そうなのか？　分かった。ジークフリートくらいだな」

もう一度、ふわっと風が吹く。現れたのは……。

「「貴方は天使ですか⁉」」

「天使ではない。神だ」

天使のような少年の姿をしたレオンだった。少年でもきれい。

神様は特定の姿を持たないってフレア様が仰っていたけれど、人型の神様って美形ばっかりだよね。

「キッシュを作るのだったな。こちらは我とリオに任せて、マリーは他のものを準備しろ」

「は……はい」

マリーは戸惑いながらも次の料理の準備に取り掛かっている。

レオンはキッシュのレシピを知っているかのように、テキパキと作業をこなしていく。

「レオンはキッシュの作り方を知っているの？」

「昔、こうしてともに作ったことがある。リオ、野菜を切る時は手を包丁と平行にして、こうして切るのだ」

お手本を見せてくれるレオン。言うとおりに野菜を切ってみる。

「なかなか筋がいいな。リオは器用だ」

器用だと褒められて嬉しい私だ。レオンはキッシュを作ったことがあるから手際がいいのね。

誰かとともに作ったことがあると言っていた。誰と作ったことがあるのかしら？

つまみになる料理を大量に作り終えた後、運ぶ方法に困っていたら、何もない空間から時の神様が現れた。

「お待たせしたな。ピンポロリン」

「時の神様？」

「やっと来たか。この料理を森のローズガーデンに運んでくれ」

「任せておけ！　ピンポロリン」

次の瞬間、料理が空間に消えた。

「料理を運ぶ？　どういうこと？」

小さな獣の姿に戻ったレオンがぴょんと私の懐に飛び込んできたので、受け止める。

「時の神は『空間魔法』が使える。料理を森のローズガーデンに運んでもらうよう頼んだのだ」

『空間魔法』は時の神様オリジナルの魔法で、空間に大量の物を収納して運ぶことができるらしい。しかも空間の中にある限りは時間経過をしない。

つまり作り立ての料理が食べられるということだ。

「あ！　お酒はいかがいたしましょうか？　屋敷にあるお酒だけでは足りません」

「酒なら自分たちで勝手に持ってくるだろう。森へ行くぞ。支度をしろ」

自室に戻り、マリーに手伝ってもらって着替えをすると、執事長に今日は朝食はいらないことを告げる。

「お嬢様がいらっしゃらないと、旦那様たちが寂しがるでしょうね」

執事長はため息まじりに言う。残念そうな顔をしているけれど、今日は譲れないの！

「ごめんなさいって言っておいて。晩餐はご一緒します」

「畏まりました。行ってらっしゃいませ、お嬢様。マリー、お嬢様を頼むぞ」

「承知しております。お父様……じゃなかった。執事長様」

「行ってきます」と屋敷を出ると、いつもどおり三人で森に続く道を歩いていく。

森のローズガーデンに着くと、すでに神様たちが待っていた。

それぞれ好きなお酒を持ってきたようで、たくさんの酒瓶が置いてある。

「料理は宴が始まったら、出してやる。ピンポロリン」

時の神様がパタパタと飛んでくる。小さな竜の姿なので可愛い。

それにしても宴って。間違いではないけれど、一応お花見がメインだからね。

「リオ！　待っていたのじゃ。さあ、酒え……花見をするのじゃ！」

フレア様。今、酒宴って言いかけましたよね？

お酒を飲む気満々ですね。いいですけど……。

「マリー、つまみは作ってきたのか？」

フレア様の影から出てきたダーク様が期待に満ちた目でマリーに訊ねる。

「はい。たくさん作ってまいりました。料理は時の神様の空間にございます」

マリーはにこやかに時の神様へ手を向ける。

「そうか。作り立てを食べられるということだな。楽しみだ」

普段はあまり表情のないダーク様の口端(くちは)が上がる。嬉しそう。

私は神様たちにカーテシーをする。マリーも倣(なら)う。

「神様方、本日はお集まりいただきありがとうございます。ささやかではございますが、料理も持参いたしました。バラを眺めながら、お楽しみくださいませ」

バラのところを強調して挨拶をしてみた。

だってそうしないとただの酒宴になってしまうもの。

「じゃあ、料理を出すぜ。ピンポロリン」

できあがった状態の料理が空間から出てきた。

あずまやのテーブルでは狭いので、簡易的に長いテーブルを創造して、その上に料理を並べてもらう。立食形式だ。

参加してくれた神様は、レオン、フレア様、ダーク様、トルカ様、時の神様だ。

「ドライアドの乙女たちよ。神々に歌を捧げよ」

レオンが命じると、ドライアドの乙女たちが木々から現れる。ドライアドとは樹木の精霊だ。初めて見たけれど、ドライアドって本当に存在しているのね。

手を交差させ神様たちに一礼する。ドライアド式の挨拶の仕方なのだろう。

ドライアドってきれいだな。緑の髪と瞳。裾が葉の形をした不思議なドレス。

見惚れていると、一人のドライアドの乙女が私ににこりと微笑み、一礼する。

「リオ様。瘴気に侵されていた私を元の姿に戻していただき、ありがとうございました」

「ああ！　私が最初に『神聖魔法』で瘴気を払った木の……貴女はあの木の精霊だったのね」

「左様(さよう)でございます」

ドライアドの乙女は感謝の意を示すように、もう一度一礼する。

「リオのおかげで具現化(ぐげんか)できるまでに回復したのだ」

私の隣でお座りをしていたレオンが言う。

お座りしている時の腿の辺りも、もちもちとしていていいのよね。

おっと！　もふもふタイムは後にしよう。

しばらくすると、ドライアドの乙女たちの歌が始まった。とてもいい声だ。癒される。

ついでにもふもふしようと思ったら、早速、お酒を飲み始めた神様たちに交じってレオンもお酒を飲んでいた。器用に前足で瓶を持ってゴクゴクと水のように飲んでいる。

嗜む程度って言っていたのに……。一番の酒豪はレオンだったりしてね。

せっかく花見をするのだ。私はバラの花びらを一枚摘むと紅茶に浮かべてローズティーにしてみた。

マリーに料理を適当にとってもらい、あずまやでのんびりとバラを愛(め)でる。

「マリー、せっかく咲いてくれたバラたちには悪いけれど、少し摘ませてもらってバラジャムを作りましょう」

「まあ！　いい考えですわ。でも、バラの花は摘む時に痛みを感じたりするのでしょうか？」

「花を摘む時に痛かったかしら？　ごめんなさいね」

紅茶に浮かべたバラの花に謝っていると、歌い終わったドライアドの乙女が、あずまやにやってきた。

「バラの精霊たちは、リオ様のお役に立つのならばと喜んでおりますよ」

「バラにも精霊がいるの？」

ドライアドの乙女は頷く。

「植物には大抵、精霊が宿っております。バラの精霊は苗木に宿っておりますから、花は摘み取っても大丈夫ですよ」

「そうなのね。バラの精霊さん、ありがとう」

バラに向かってお礼を言うと、バラが答えるようにさわさわと揺れる。

「どういたしまして。と答えておりますよ」

ドライアドの乙女はふふふと笑うと、再び仲間のドライアドの乙女たちの下に戻って行く。

バラを愛でながら、レオンと作ったキッシュを食べる。

野菜をたっぷり使ったので、野菜の甘みとベーコンの塩味が絶妙だ。

「うん。美味しい！」

「リ〜オ〜飲んでおるのじゃ〜？」

神様たちの輪から外れて、あずまやにフレア様がやってくる。

体がフラフラ揺れている。足も千鳥足(ちどりあし)だ。危ないです。

「いえ。私はまだ成人しておりませんので……」

フレア様は酔っている。酒瓶を持って、私に抱きついてきた。顔が真っ赤になって、すっかりできあがっている。お酒くさいです。どれだけ飲んだのですか？

「今日は無礼講（ぶれいこう）なのじゃ～。リオも飲むとよいのじゃ～」

私のグラスに酒を注ごうとするフレア様を止める。精神的には十七歳で成人していますけど、体は七歳なのでさすがにお酒は飲めません。もっとも、成人していた前世でもお酒は苦手だった。

「やめぬか、フレア。リオが困っておる」

レオンがフレア様を私からべりっと引き離す。

「わたくしとリオを引き離すとは。嫉妬（しっと）しておるのじゃ？　レオン」

「やかましい。この酒乱女神」

ぎゃあぎゃあと言い合いをしながらも、レオンとフレア様は仲が良さそうに見える。

フレア様の前では、レオンは素のままのように見える。

レオンはフレア様が好きなのかしら？

フレア様もレオンが好きだからこそ、よく私の下にやってくるのかもしれない。

「おまえが今思っていることは違うぞ。姉ちゃんとレオンはケンカ友達ってやつだ」

後ろからダーク様がぬっと顔を出す。片手にワインの瓶を丸ごと持ち、反対の手には山盛りのおつまみが乗ったお皿を持っている。

やっぱり、お酒を飲むのですね。見かけが少年なので違和感がある。

「人の心が読めるのですか？」

「心など読まずとも、おまえの顔を見れば分かる」

「今、私はどのような顔をしているのですか？」

「レオンが好きって顔だ」

「もちろん、好きです。私はレオンの眷属ですから」

もふもふだし、いつもそばにいてくれる心優しい神様。

「……無自覚か」

ダーク様はやれやれと肩をすくめる。チキンのハーブ焼きをもぐもぐと食べながら。

「それにしても、マリーの作る飯は旨いな。おまえはあいつの主人だったな？　マリーを俺の嫁にしたいと思うのだが、おまえはどう思う？」

「はい⁉」

驚きで素っ頓狂な声が出てしまう。いきなり、何を言い出すのだろう？

「ちょ……ちょ……ちょっと待ってください！　マリーは人間ですよ。神様と人間が結婚できるのですか？」

「できるぞ。神と婚姻すれば『神の花嫁』という称号がついて、神と同じ時を生きることができる」

え？　そうなの？

もっと詳しく話を聞こうと口を開きかけたら、ダーク様の頭をレオンが前足でばしっと叩く。

「余計なことを言うな。ダーク」

「……痛い」

ダーク様は躓きそうになっていた。

それでも酒瓶とおつまみのお皿を手放さないからすごい。

「神の眷属になったのだから、リオは知る権利があると思うぞ」

「……時が来たら、我が教える。余計なことは吹き込むな」

獅子の顔でも、最近レオンの表情が分かるようになってきた。これは本気で怒っている。今はこれ以上聞かない方が得策だと思う。ダーク様も分かったと頷くとマリーの下へ行ってしまった。


何となく、レオンと気まずくなってしまったので、こっそりあずまやを抜け出し、森の中に入った。ローズガーデンの辺りは『創造魔法』で草木が青々としているが、それ以外の場所はまだ瘴気が残っているので、枯れ木でいっぱいだ。

私は『創造魔法』と『神聖魔法』を駆使して、草木を蘇らせながら、森の中を進んでいく。しばらくすると、開けたところに出る。

「結構、広いわね。この辺りに何か造れそうだわ」

周りを散策していると、少し先に尖塔が見える。

「塔？　建物かしら？」

尖塔が見える方向へ向かって歩いていくと、城の跡と思われる廃墟が現れる。ほとんど崩れているけれど、塔だけは唯一その形を保ったまま、佇んでいた。

好奇心に駆られて塔を探検してみたくなる。魔物とか住んでないよね？　魔物がいても『神聖魔法』で追い払うことはできる。

前世では魔法学院で訓練があり、ダンジョンで魔物に遭遇してしまったことがあった。その時に私の『光魔法』で魔物が怯んだ隙に王太子殿下が……って！　いやいや。前世のことは思い出すまい！

塔の入り口は扉が壊れていて、簡単に中に入れた。

中はひんやりとしている。魔法で指先に光を灯すと、辺りが明るくなった。

正面に肖像画があったので、近づいてみる。女性の肖像画だ。

肖像画を見た瞬間、なぜか懐かしい感覚に捕われた。

この女性を知っている？　金色の髪に紫紺の瞳。顔立ちがお父様に似ている。

額の下を見ると、名前が彫ってあった。

『マリオン・リリエ・グランドール』という文字が刻んである。

「グランドール？　ご先祖様かしら？」

「リオ！」

私を呼ぶ声に驚いて振り返ると、塔の入り口にレオンがいた。

塔の入り口は狭く、獅子の姿のレオンでは入ることができない。レオンはなんとか獅子の姿で中に入ろうと、顔を突っ込んでいたりしていたが、諦めたようだ。

ふわっと風が吹くと青年の姿になって中に入ってきた。

「急にいなくなったから、心配したぞ。リオ」

私の方に向かってくるので、指先の光を強くする。

顔色が悪く見えるけれど、光のせいかしら？

「レオン。よくここが分かったわね」

「おまえの魔法の痕跡を辿ってきたのだ」

なるほど。私が魔法を使った辺りだけ枯れ木がなくなって、草木が青々としているから、道しるべになったのね。

「我が元の姿に戻ったとはいえ、まだ瘴気が満ちているのだ。一人で行動するのは危険だ」

「『創造魔法』と『神聖魔法』が使えるから大丈夫よ」

「そういう問題ではない！」

びくっと体が震えた。レオンがこんなに声を荒らげるなんて、今までになかったことだ。

怒っているのね。この森はレオンの神域だもの。本来は人間が侵してはいけない領域なのだわ。

「……ごめんなさい。レオ……」

謝った刹那、ふわりと温かいものに包まれる。レオンに抱きしめられたのだ。

「黙って我のそばからいなくならないでくれ」

青年姿のレオンに抱きしめられるなんて初めてのことで、心臓がドキドキする。

どうして？　いつも、もふもふに包まれて一緒に寝ているのに……。

ドキドキするけれど同時に安心感もある。おずおずとレオンの背中に手を回す。私に合わせて屈んでくれているから手が届く。

「ごめん……ごめんなさい、レオン。もう黙っていなくならないから。ずっとレオンと一緒にいるから」

レオンは抱きしめたまま、しばらく放してくれなかった。


ようやく放してくれたレオンとともにローズガーデンに戻ることにする。

レオンは塔から出た途端、獅子の姿に戻った。

こちらの姿だと別の意味でドキドキする。もふもふしたくて……。

「リオ。森の中で何をしようとしていたのだ？」

「周囲を少し散歩していたの。でも、レオンの神域を勝手にうろついたらダメだよね？」

レオンはふうと安堵(あんど)したように、ため息を吐く。

「ダメではない……が、一人で行動はするな」

「うん。分かった。レオン……あのね……あの尖塔は何？　肖像画の女性は誰？」

オッドアイの瞳を見開くと、私を凝視(ぎょうし)する。

「あれは……いや。そのうち話そう」

レオンは歯切れが悪く、私の質問には答えてくれなかった。

踏み込んではいけない話題だったのだろう。胸の辺りがちくっと痛む。

「そう。それはそうと……この森って広いのね」

咄嗟（とっさ）に別の話題に切り替える。

「……それなりには広いな。この森を元に戻すのは大変だ。手伝ってくれるか？　リオ」

「もちろんよ。私はレオンの眷属だもの」

ごまかせたかな？　とりあえず、屋敷に帰ったら我が家の歴史を調べてみよう。

お兄様が家系図や歴史の本を持っているかもしれない。

ローズガーデンに戻ると、神様たちに心配されたので、ローズガーデン以外にも何か造りたいから、場所を探していたと説明した。

神様たちは賛成してくれて、何かを造る時は手伝ってくれると言ってくれた。

日が傾く寸前に花見という名の酒宴はお開きになった。

「リオの家で二次会をするのじゃ！」とフレア様はごねていたが、晩餐は家族とともに食べる約束をしているからと、お断りした。

晩餐の後、お兄様を呼び止める。

「お兄様、本をお借りしたいので部屋に行ってもいいですか？」

「構わないよ。でも、僕の部屋にはリオが好きそうな本はないかもしれないよ」

「物語ではない本もたまには読みたいの」

分かったというように頷くお兄様。後に続くマリーに顔を向ける。

「マリーはレオンを連れて、先に湯浴みの準備をしておいてくれる」

「畏まりました。お嬢様」

マリーはレオンをひょいと抱き上げると私の部屋に向かった。

手が微妙に動いているのが後ろからでも分かる。もふもふを堪能しているのね。

お兄様の部屋に着くと本棚に駆け寄り、食い入るように見つめる。

「何か探しているものがあるのかい？」

「お兄様。我が家の歴史の本か家系図をお持ちですか？」

「写しでよければあるよ。ちょっと待っていてね」

お兄様は分類別に整理された本棚から黒い表紙の本を取り出し、手渡してくれた。パラパラとめくると、ところどころに書き込みがある。お兄様の字だ。

おお！　さすがは未来の当主です。しっかり勉強されていますね。

本を冒頭からめくると、最初に家系図が載っていた。

「お兄様。マリオン・リリエ・グランドールという方は、この家系図に載っていますか？」

「よく知っているね。二百年前のご先祖様なのに。ここだよ」

お兄様が指差したところを見ると、確かにマリオン・リリエ・グランドールという名前があった。名前の横に当主の印がある。

「この方は女侯爵だったのですか？」

「男の後継ぎに恵まれなかったようで、二人姉妹の姉が侯爵位を継いだんだ。でも若くして亡くなってしまったから、結局、妹が産んだ男の子が次期当主になったようだね」

我が国は女性が当主の座に就くことが、認められている。

男子に恵まれなかった家は女性が継いで婿養子をとるのだ。

「この本と我が国の歴史の本をお貸しいただきたいのですが？」

本棚から国の歴史書を取り出すと我が家の歴史書の上に載せてくれる。

「歴史に興味があるのかい？　今度、授業を一緒に受けてみる？」

「考えておきます」

実は前世での妃教育の一つに歴史があったのだが、漠然(ばくぜん)としか覚えていない。

教え方が下手な教師で、授業が苦手だったからだ。

今世ではお兄様と一緒に勉強するのもいいかもしれない。

「ありがとうございます、お兄様。おやすみなさい」

「おやすみ、リオ」

自室に戻ると、マリーが湯浴みの用意をして待っていてくれた。

「遅かったな。面白そうな本はあったか？」

「ええ。お兄様のおすすめを借りてきたの」

本は革のブックカバーがかかっているので、内容は分からないだろう。

「さあ、お嬢様。今日もレオン様をもふもふにしましょう」

マリーが腕まくりをして「ふん！」と気合を入れると、レオンがビクリとする。しかし観念(かんねん)したように浴室にすごすごと入っていく。

「もちろんよ。『もふもふを愛でる会』会員としては、毎日レオンにはもふもふでいてもらわないとね」

私も気合いを入れると浴室に入っていった。

猫足のバスタブにレオンを入れて、液体状の石鹸をスポンジに含ませる。

ふと、いつもの石鹸と匂いが違うことに気づく。

「この石鹸、バラの香りがするわ」

「摘んできたバラから汁を抽出して、石鹸に混ぜたのです」

「そうなの？　いい匂いだわ」

ふふとマリーが微笑む。

「お気に召しましたか？　明日もローズガーデンでお花を分けていただきましょう」

「ええ。そうね」

バラのジャムも作りたいし、バラの石鹸も作ってみたい。

まずはレオンを徹底的に洗うことにしよう。きらんと私とマリーの瞳が輝き、手がわきわきすると再びレオンの体が揺れた。

「う〜ん。いい匂い」

レオンの毛並みに鼻を寄せてくんくんと匂いを嗅ぐ。バラがとてもいい香りを醸し出している。

香水にも使えないかな？　お母様が喜びそう。

「うむ。ところで今日は一緒に風呂に入らないのか？」

「そ……それは……私はレディだからよ！」

「よく一緒に入っているではないか？」

「未婚の淑女は殿方と一緒に……って！　もう！　知らない！」

レオンにタオルをぼふっと被せる。訳が分からないといった顔をしたレオンがタオルからひょっこりと出てくる。くう！　可愛い！

塔の中でのことを思い出して、かあと顔が熱くなった。心臓の鼓動も速くなる。青年姿のレオンに抱きしめられて、しばらく放してくれなくて……。

恥ずかしさを払拭するように、ぶんぶんと顔を振ると、ソファに座る。

——青年姿のレオン。ドキドキしたな。

湯浴みをして、ブラッシングをしてもらったレオンは目を細めている。

くわ～と欠伸をしているので眠いのだろう。

「湯浴みをした後に、本を読みたいから、レオンは先に寝ていてもいいわ」

「そうか。あまり夜更かしはするな」

「分かっているわ。おやすみなさい、レオン」

「おやすみ、リオ」

レオンはベッドにぴょんと飛び乗ると、枕元でくるくると寝床作りをして丸くなる。

すぐにすぴ～と寝息が聞こえた。早い！　今日はいろいろあって疲れたのね。

湯浴みをした後に、マリーが用意していってくれたレモン水を飲みながら、本を読みだす。

妃教育を受けていた時は、建国した時と百年前くらいの歴史しか教えてくれなかった。あの教師、将来の王太子妃に対して手抜きをしていたわね。

あらためて自国の歴史を知りたくなる。お兄様と一緒に歴史の授業を受けることにしよう。

もう少し読もうと思ったけれど、眠くなってきたので本を机に置くと、レオンを起こさないようにそっとベッドに潜りこんだ。

お風呂はともかく、獣姿のレオンとベッドで一緒に眠るのはよしとしよう。

本音を言うと、もふもふが恋しい私だった。

◇◇◇

夢を見た。

金色の髪の女性が青年姿のレオンと寄り添い、色とりどりの花が一面に咲き誇っている花畑を歩いている。金色の髪の女性はあの塔で見た肖像画の人だ。

「マリオン、『神の花嫁』になってくれぬか？」

「ふふ。それはプロポーズなの？」

マリオンと呼ばれた女性は、頬を染め紫紺の瞳を嬉しそうに細める。

「そうだな」

レオンはマリオンさんの腰に手を回し、花畑の向こうにある湖へと歩いていく。

「レオン！　待って！」

私は二人の後を必死に追う。走っても走っても追いつけない。

「置いていかないで！　レオン！」

「レオン！」

ばっと飛び起きる。

「どうした？　リオ、大丈夫か？」

外が明るい。もう朝だ。すでに起きてソファでくつろいでいたらしいレオンが、ぴょんとベッドに飛び乗ってきて、私の顔を覗きこむ。

「レ……オン？」

レオンを抱き上げて、ぎゅっとする。

「怖い夢でも見たのか？」

「……怖くはないけれど、なんか嫌な夢だった」

「どんな夢だったのだ？」

「覚えてないけれど、嫌な夢だったの」

本当は覚えている。あの肖像画の女性マリオンさんとレオンの夢。昨日マリオンさんの肖像画を見たから、あんな夢を見たのだろうか？

「そうか」

好きなだけもふれと言わんばかりにふわふわの尻尾が揺れた。

朝食の後は中庭にあるガゼボで家族とお茶を楽しんでいた。我が家の庭は庭師が整えてくれているから、統一感があってきれいだ。でも屋敷にも自分の庭園を造ってみたいな。

今日は午前中に歴史の家庭教師が来るので、お兄様と一緒に勉強することにしたのだ。

「リオが歴史に興味を持つとは思わなかったな」

「女の子は淑女教育に力を入れればいいと思うのだけど、リオはダンスも音楽も器用にこなしてしまうのよね。刺繍の腕だけは壊滅的だけれど……」

うっ！　刺繍だけはセンスがないのよ。痛いところをお母様につかれた。

「刺繍の腕以外は母様に似たのだね」

お兄様がフォローしてくれるけど、フォローになっていない気がする。

「ご家族団欒のところを申し訳ございませんが、王家より招待状が届いております」

執事長が王家の封蝋が押してある手紙を持ってきた。急ぎの用なのかしら？

お父様がペーパーナイフで手紙を開封し、中身を確認する。

「リチャード王太子殿下からだ。内容は三ヶ月後の魔法属性判定の後に、王宮でお茶会を開催する知らせと、ジークとリオをお茶会に招待したいそうだ」

なんですと⁉

衝撃を受けたせいで、歴史の授業はほとんど頭に入ってこなかった。いろいろと先生に聞きたいことがあったのに……。それというのも悪魔の招待状のせいだ。いや。王太子殿下の招待状だけどね。

「あ～最悪……」

森のローズガーデンのあずまやでテーブルに突っ伏して、さっきから同じことを何回も呟いている。

「いやなら行かなければよかろう?」

「そういうわけにはいかないわ。王族の招待を断るなんて不敬だもの」

我が家は侯爵家で家格は貴族の中では上の方だ。伯爵家以下の爵位の貴族から招待されたのならば断ることも可能だが、今回は王族直々の招待なのだ。王族からの招待は「招待という名目の強制参加」を意味する。貴族同士の招待とはわけが違う。

それにリック……リチャード王太子殿下の性格は知っている。強引な手を使ってでも、必ず招待しようとするはずだ。

「だが、王太子の小僧からの招待なのだろう? 大丈夫なのか?」

「お兄様がいるし、レオンも姿を消してついてきてくれるのでしょう?」

「それはもちろんだが……心配だ」

尻尾が下がって耳がたれ気味のレオンに庇護(ひご)欲をそそられる。思わずよしよしと撫でて抱き上げたくなるが、獅子の姿のレオンでは重くて無理そうだ。とりあえず、頭を撫でるとすりすりと私に寄って来る。神様だけど、仕草は猫系の動物そのものだ。可愛くてたまらない。

「カスの王太子殿下のお茶会はどうでもいいですが、お嬢様のドレスを新調するのは久しぶりで楽しみですわ」

マリーの中で王太子殿下は相変わらずカスの扱いなのね。本人の目の前では完璧な侍女を演じるのだろうけれど、隙を見てお茶の中に何か入れたりしないかと心配だわ。

明日はお茶会用のドレスを新調するために、仕立屋を屋敷に招くのだ。

マリーは今から張り切ってああでもないこうでもないと、ドレスのデザインに余念がない。

「お嬢様にお似合いの色は……瞳の色に合わせて青系の色がよろしいですわね。でも少女らしく可愛らしいデザインで、装飾品は服に合わせてサファイヤかしら？　でもアクアマリンも捨てがたいですわね」

噴水の周りをくるくると踊るように回りながら、トルカ様のお世話をしている。

「儂にも服を作ってほしいのだぞぞ」

トルカ様は服に興味があるようだ。甲羅に模様をつけるとか？

「マリーは楽しそうだな」

「そうね。あの前向きな気持ちを分けてほしいわ」

当分の間は前向きになれそうにない。

翌日、約束した時間に仕立屋がやってきた。グランドール侯爵領で人気のお店らしい。店主自ら赴いてくれた。リコリスの花のように赤い髪にブラウンの瞳。メガネをかけている知的な二十代くらいの女性だ。
「この度は当店をお選びいただきまして、ありがとうございます。『サンドリヨン』の店主でロ

ーラと申します。以後お見知りおきを」

優雅に一礼すると、ソファに座っている私をじっと見る。手をパンと合わせると、知的な顔が緩んだ。

「まあああああ！　可愛らしいお嬢様ですね。ドレスの作り甲斐があります！」

「そうですよね！」

なぜかマリーまで同意している。ローラさんがパンパンと手を叩くと、扉からたくさんの生地を持った従業員らしい女性が三人入ってきた。順にテーブルに生地を並べていく。目の前にいろいろな色のドレス生地が並ぶ。

「お嬢様は、どのような色がお好みでしょうか？」

普段なら気分が華やぐ光景だが、今回はため息しか出ない。

「泥沼色とか曇り空色の生地はありますか？」

いそいそと生地を選んでいるローラさんの手がピタッと止まる。

「……ず……随分と渋い色がお好きなのですね」

無理につくった笑顔がひきつっている。知的美人なのにもったいない。あ。私がそうさせているのか。

「ええ。殿方に嫌われそうな色のシンプルな形のドレスで構いません」

変な色のドレスを着て、二度と会いたくないと王太子殿下が思ってくれるといい。

「お嬢様！　すみません。カトリオナお嬢様は色オンチなのです」

ほほほとごまかして笑うマリーは、自らデザインしたドレス画をローラさんに何枚か見せる。

ローラさんはデザイン画を見ると感嘆の声を上げた。

「貴女、いいセンスをしているわね！　うちの店で働かない？」

「私は生涯お嬢様にお仕えすると決めていますので、謹んでお断り申し上げます」

うん。ありがとう。でも色オンチじゃないからね。センスがないだけだから。

私抜きでマリーとローラさんで打ち合わせを始めたので、隣で丸くなっているレオンの毛を撫でる。

『リオ。変な色のドレスを着て、王太子に嫌われようと考えているだろう？』

レオンが念話で話しかけてくる。

『王太子殿下は可愛い系が好きなの。シャルロッテはピンクの可愛いデザインのドレスをよく着ていたわ』

『だからといって、泥沼色はないであろう。おまえには清楚な白や青のドレスが似合うと我は思うぞ』

清楚ね。私はよくロイヤルブルーのドレスを好んで着ていたので、冷たい印象があったらしい。

「お嬢様。それでは採寸をします。こちらへ立っていただけますか？」

ローラさんに呼ばれたので、ソファから立ち上がる。ドレスの色とデザインはマリーが決めたようだ。任せておけば、間違いはないだろうけれど、変なドレスで王太子殿下に嫌われよう作戦は失敗に終わった。

採寸が終わった後、ローラさんがちらっとレオンを横目で見ると、にっこりと笑う。ローラさんの視線を受けて、レオンが厳しい顔をする。

『あやつは……まさか……』

念話でそう呟くレオンの声が聞こえた。どうしたのかしら？

◇◇◇

三ヶ月後にせまった王宮でのお茶会に備えて、本格的に淑女教育が始まった。テーブルマナーにダンス、歌とピアノ演奏など今までよりも厳しいレッスンが待っていた。

これでは森に行くどころではない……と思うでしょう？　しかし、前世の私の妃教育スキルを舐めてはいけない。あの厳しいを通り越した妃教育よりは甘い。

難なくこなして午後からは悠々と森に散歩に出かけていました。

バラのシーズンが終わったので、別の花の苗を造ろうとあずまやで植物図鑑をめくっていた。ちなみにバラは次のシーズンまで苗木をドライアドの乙女たちに管理してもらうことにする。

「やっぱりひまわりかしら？」

「ひまわりはやめておけ」

レオンはひまわりが嫌いなのかしら？　森の神様なのに……。ひまわり素敵じゃない。太陽にもめげず、上を向いて咲いているのよ。

「お嬢様、ジニアはいかがですか？」

どれどれ。ジニアは開花期間が長く、次々と咲き続ける花である。バリエーションも多彩で、初心者にも育てやすいか。いいかもしれない。

「そうね。あと百合もいいかもしれないわね」

百合は……できるだけ涼しいところに植えた方がいいみたいね。

涼しい場所がないかとレオンに質問をすると、屋敷から少し離れた森の北へ案内された。

あの塔の近くではないのね。あの場所も涼しかったのだけれど……。

この辺りは針葉樹（しんようじゅ）が多いようだ。結構木々が密集している。

この間、読んだ本のあれを思い出す。庭園もいいけれど、遊び場所として最適かもしれない。

「この辺りでよいか？　夕刻はやや冷えるが、日中は涼しい。これからの季節にはよいだろう」

「ええ。ちょっと考えていたことがあるから、実行するにはいい場所だわ」

「考えていたこと？　百合を植えるのではないのか？」

レオンが首を傾げる。

早速、大地に魔力を送り、あれを創造する。針葉樹が伸び、それを柱としてあれが出現した。

「これは⁉」

「ツリーハウスですね」

驚愕しているレオンに対して、マリーは冷静だ。

「ツリーハウスの本を読んでいて思いついたの」

ツリーハウスの周りにはちょっとした遊具もある。ブランコや木々の間に吊り橋を造ったり、編んだロープを垂らしてあったり。楽しむ目的もあったけど、ダイエットにいいかなと思ったのだ。

ここのところ、料理やお菓子の作り方をマリーから学びながら、味見と称してつまみ食いしている。そのくせ朝昼晩のご飯やおやつもしっかり食べているものだから、少し太ってしまった。せっかく新調したドレスが着られなくなる前にダイエットをしなければいけない。

歩いたり、走ったりするのもいいかもしれない。だが、どうせなら全身を鍛えつつ、楽しめる遊具がいいなと図書室で本を探していたところ、ツリーハウスの本を見つけたのだ。

ツリーハウスの本には木や蔦(つた)で作る遊具の作り方も載っていた。

「ツリーハウスは分かるが、遊具まであるのか」

「あ！　お嬢様。ダイエット目的ではありませんか？」

ぎくっとする。さすがにマリーには少し太ったことがバレていたか。毎日着替えを手伝ってもらっているからね。ワンピースがキツくなったのが分かったのだろう。

「ダイエット？　子供は少しくらいふっくらしていた方が可愛いと思うのだが」

「ダメよ！　それは魔法の言葉よ、レオン。ふっくらしていた方が可愛いに甘えているとおデブ路線まっしぐらよ！」

「むむ。おデブ路線か？」

私が太った姿を想像したのだろう。レオンが眉根を寄せて厳しい顔つきになる。

「三ヶ月後のお茶会は嫌だけど、せっかくのドレスが入らなくなったら、ローラさんに申し訳ないわ」

「ローラさんはお嬢様を輝かせてみせるって張り切っていますからね」

目立ちたくないから、輝かなくてもいいけどね。

「しかし、ツリーハウスの位置が高くないか？　登る時に危ないのではないか？」

「それは命綱をつけて登るから、大丈夫よ」

ツリーハウスの梯子と遊具には頑丈な綱を張ってある。あらかじめ綱に引っかけるのに適したものがないかと庭師のトマスに相談したところ、高い木の剪定(せんてい)用に使う命綱があると教えてくれた。ちなみに私が使うのは内緒にしておいた。

カラビナという金具と滑車(かっしゃ)を体に固定するタイプのものだ。さすがに金具は創造できないので、今度、こっそり街に出かけて手に入れようと思っている。

「ツリーハウスに登る時は我が背に乗せてもよいのだぞ」

「それでは運動にならないでしょう？　そういえば、レオンは翼があるよね。もしかして飛べるの？」

ふんと鼻をならすとレオンは胸を張る。

「飛べるぞ。長時間の飛行は難しいが」

「今まで飛んでいるのを見たことがないわ」

「我が空を飛んでいたら、騒ぎになるだろう？」

それは……獅子が飛んでいるのを見たら、グランドール侯爵領の民たちが驚くでしょうね。

「レオン。この森の上だけでいいから飛んでみせてくれない？」

「いいだろう。リオを背に乗せて飛んでみせよう」

「え？　いいの？」

「もちろんだ」

私が乗りやすいように伏せると、背に乗れと顔をくいと動かす。おずおずとレオンの背に乗る。

「しっかりつかまっておれ」

レオンは立ち上がると、翼を広げゆっくりと上昇していく。下を見るとマリーが手を振っている。高い木が遥か下に見える位置まで上昇すると、レオンは空を翔けだした。

「すごい！　本当に空を飛べるのね」

「我の翼は飾り物ではないからな」

飾り物かもしれないとちょっと思っていた。ごめんなさい。

「思ったより風の抵抗を受けないわ」

「おまえの周りに地上の空気の層が張ってある」

空気の層？　そんなものまで創造できるの？　今度試してみよう。結界もどきができるかもしれない。

「高いところは怖くないか？」

「怖くないわ。高いところは好きよ」

高いところから見る景色は現実とかけ離れているような感覚に捕らわれる。前世は厳しい妃教育に疲れた時、こっそりと王城の一番高い塔に登って城下を眺めたものだ。

眼下にマリオンさんの肖像画があった塔が見えてくる。よく見ると周りには城郭の後が残っていた。わりと大きな城だったようだ。二百年前はあそこにグランドール家の城があったのかもしれない。

我が家の歴史本を読んだが、今の領主館は国情が落ち着いた時代に建てられたものらしい。それ以外は二百年前のことは詳しく書かれていなかった。

「このまま空中散歩をするか？」

「それはダメよ。街でレオンが飛んでいる姿が目撃されたら、大騒ぎになってしまうわ」

「それもそうだな」

森の周りを一巡りすると、マリーが待っている元の場所へと戻ってきた。

「お嬢様。空を飛ぶのはいかがでしたか？」

「とても楽しかったわ。マリーも今度乗せてもらうといいわ」

「それはご遠慮しておきます」

レオンとの空中散歩はとても楽しかった。またいつか乗せてもらいたいな。

◇　◇　◇

グランドール侯爵領の街は活気に満ちあふれている。我が領の民たちが元気なのはいいことだ。

今日はお忍びで街へ買い物に来ている。貴族の娘だと分からないように、マリーの子供の頃の服を貸してもらった。

「人間の街に来るのは久しぶりだ」

レオンはなぜか子供の姿でついてきている。聖獣の姿は珍しいからダメだけど、猫の姿ならいいよって言ったのだけどね。それでも目立つからと色つきのメガネをかけてもらった。オッドアイは珍しいからね。

「お嬢様。本日は何をお求めになられるのですか?」

「昨日言っていたツリーハウスに使う命綱用の金具よ」

もちろん、マリーにもついてきてもらった。

たまに買い物に出かけることもあるマリーは街に詳しいはずだ。

「それでしたら、庭師用の道具が売っているお店にあるかもしれませんね」

「では、そこに行ってみましょう」

マリーの後についていく。だが、なかなかそれらしい店が見えてこない。

「マリー、お店はまだ遠いのかしら?」

くるりとマリーは振り返ると、ぺこりと頭を下げる。

「申し訳ございません。道に迷いました」

「ええ!?」

迷いなく歩いていたから、てっきり店を知っているのだと思っていた。

自信がありそうだったけれど、自信を持って迷っていたのね。

どうしようかなと思っていたところに見知った人が私たちの方へ歩いてきた。

「あら？　まさかとは思いましたが、やっぱりカトリオナお嬢様ではないですか？」

先日、ドレスをオーダーした『サンドリヨン』の店主ローラさんだった。助け船が現れた！

ローラさんに金具を売っている店を探していて迷ったことを話すと、金具を扱っている店に心あたりがあるそうで、案内してくれることになった。

「ローラさん、申し訳ございません」

「いいえ、構いませんよ。ちょうどそちら方面に用事がございますので。ところでお嬢様ご自身で買い物に出かけなくても、使用人の方に頼めばよろしいのでは？」

「ええと……いつもお世話になっている庭師に剪定用の金具を内緒でプレゼントしたくて。どうしても自分で選びたかったですし、お忍びで出かけるしかないかな？　と」

我ながら苦しい言い訳だ。トマス、言い訳に使ってごめんなさい。お詫びに剪定用の道具をプレゼントするからね。

「そうですか。いい主がいて庭師の方は幸せですね。でも、街の治安はいいですが、貴族のご令嬢が出歩くのは危険ですよ」

「護衛がいますから、大丈夫です」

レオンを前に押し出す。彼を見たローラさんはきょとんとしている。レオンはローラさんを見ると厳しい目をする。採寸に来た時にも同じような目をしていた。苦手なタイプなのかしら？

ローラさんはにっこりと微笑むと、興味津々にレオンを見つめる。

「まあ。可愛らしい騎士ですね」

「見かけは子供ですけど、頼りになりますから」

「我は子供ではな……むぐっ！」

否定しようとするレオンの口を塞ぐ。

納得していないとは思うけど、ローラさんは「そうですか」と微笑んだ。

「そこの角を曲がったところに、お嬢様の目的のお店があります」

ローラさんは指差して、店の場所を教えてくれた。表通りからでも見える。

「案内してくださってありがとうございます。ローラさん」

「ローラと呼んでいただいて構いません。さんはいりませんよ」

それではと礼をして表通りを歩いていくローラさん……ローラを見送る。素敵な大人の女性だな。私もああいう知的な感じの女性になりたいな。

目的のお店に入ると園芸用の道具がいっぱい置いてあった。

木の剪定用の命綱は見当たらないな。店の奥に座っている店主に聞いてみようかな？

「あの……すみません。高い木を剪定する時に使う金具は置いてありますか？」

店主は年配の頑固そうな男性だ。いかにも職人といった感じのいかつい顔とがっしりとした体躯をしている。

「ああ。カラビナと滑車のことかな？　まさかと思うが、お嬢ちゃんが使うのか？」

いかつい風貌とは違い、話しかけてくれる声は優しい。

「庭師をしているお祖父さ……おじいちゃんと、お手伝いをしているお兄さ……おにいちゃんが使うの」

庶民風の話し方は難しいな。

「そうか。ちょっと待ってな」

店主は奥の方に入っていくと、しばらくしてからトマスが見せてくれた命綱と同じような金具を持ってきてくれた。

「ハーネスはどうする？」

「ハーネス？」

店主はハーネスも持ってきてくれたようで、実物を見せてくれた。ごつい帯のような感じだ。

「これを体にこうやって巻いて、カラビナと滑車をこうやって取り付けるんだ」

装着の仕方を店主自ら実演してくれた。なるほど、足と腰にベルトを巻いて固定するのか。それなら安全そうだ。

「じゃあ、セットで二つください。あと剪定用のはさみを見繕（みつくろ）ってくれますか？」

「あいよ。プレゼントかい？」

「そうです。金具は頼まれたのですけれど、はさみはサプライズ用です」

本当は私とマリーが使うのだけどね。はさみはトマスへのプレゼントだ。金具はそれなりのお値段なので、子供がプレゼント用に買うとなると不自然だからね。

貴族と庶民では金銭感覚が違う。それは前世で学んでいる。

「いいお孫さんを持って幸せだな。お嬢ちゃんのおじいさんは喜ぶだろうな」

金具とはさみは怪我をしないようにと、緩衝材を使って包んでくれた。

はさみは可愛くラッピングしてある。

「金具のセットは金貨三枚で、はさみは銀貨一枚にまけておくよ」

「ありがとう」

代金はマリーに払ってもらう。庶民しかも子供が金貨を持っていると怪しまれるからだ。店主には祖父は豪商の専属庭師なので、経費で購入できると説明する。マリーは同じ豪商の使用人で保護者として、ついてきてもらったとも言っておいた。貴族だということ以外は本当のことだ。

だって、この街はグランドール侯爵領にあるから、貴族っていうとバレるからね。

「はじめてのおつかいってやつか。偉いな」

店主は褒めながら、頭を撫でてくれた。

「また、おじいちゃんにおつかいを頼まれたらおいで。まけるから」

金具が入用の時は、このお店を利用することにしよう。

レオンは店には入らず、外で待ってくれていた。嗅覚が鋭いから、金物の臭いが苦手らしい。

これからツリーハウスで金具を使うのに大丈夫なのかしら？

「レオン、お待たせ」

「目的のものは買えたか？」

荷物はマリーが持ってくれている。意外と力持ちなのだ。

「うん。思ったとおりのものが買えたわ。これでツリーハウスに登れるわ」

「良かったな」

メガネが光で反射して目は見えないが、口端が上がっているので微笑んでいるのが分かる。

「ねえ、レオン。せっかく街に出てきたのだし、三人でデートしましょうよ」

「三人はデートというのか？」

今度は口がへの字に曲がる。

「細かいことは言わない。私がカフェとかに行ってみたいの」

「それでしたら『サンドリヨン』の近くに最近できたカフェのケーキが美味しいと評判です」

食べ物のお店はリサーチ済みなのね。マリー、今度は迷わないでね。

「ところで金具は高いものだろう？　よく金を持っていたな」

お金の出どころが気になったのかレオンが首を傾げる。ふふふ。よくぞ聞いてくれました。

「この間、バラの花を収穫したでしょう？　マリーが作ってくれたバラの石鹸と香水をお母様にお裾わけしたら、大好評だったの」

「それで小遣いをもらったのか？」

「続きがあるの」

私は経緯を話し出した。お母様が友人同士のお茶会にバラの香水をつけていったら、ご友人たちが香水の匂いを気に入ったらしいのだ。ぜひ売ってほしいということで、急遽、お父様が経営している商会で取り扱うことになったのだが、あっという間に完売してしまった。

ちなみに石鹸と香水のレシピは商会に提供した。商会では職員を総動員して三日三晩徹夜の交代勤務で生産したらしい。しかも私が収穫したバラの花だけでは足りなかったので、バラを栽培しているところから買い取りしたそうだ。

提供者ということでマリーには臨時ボーナスが、私はちょっと多めのお小遣いがもらえた。

「自分で稼いだお金で買ったのよ」

石鹸はマリーの発案だが、香水はマリーと二人でレシピを共同制作した。一応、お母様に宣伝したおかげで利益につながったし、自分で稼いだってことでいいよね？

「他の花でも石鹸や香水を作りたいと考えているのよ」

「リオは美容に興味があるのか？」

「女の子だからあるといえばあるけれど、むしろ美容品の開発の方に興味があるかな？」

前世では『光魔法』の研究に没頭した。元々、研究することが好きなのかもしれない。

「それと、お金を貯めておきたいと思って……」

「金を？　リオは貴族の令嬢だ。金に苦労することはあるまい」

レオンは訝し気だ。そうだろう。我がグランドール侯爵家は裕福だ。

「もしもの話よ。今世でも前世と同じルートを辿ってしまったら、家族を逃がす資金が欲しいの」

私が断罪される前に家族には隣国でも遠くの国でもいい。逃げてほしい。私の分まで生きてほしい。そのためには資金と人脈がほしい。

「前世と同じようなことにはならない！　我がついておる！」

「私もおりますよ！　お嬢様！」

レオンとマリーは真剣だ。二人の気持ちを嬉しく思う。

「ありがとう。頼りにしているわ」

もしもの時はレオンに頼みこんで、家族とマリーと執事長、我が家の使用人を託そう。

カフェには無事に辿り着いたが、かなりの人が並んでいる。最近できたばかりの人気の店だからだろう。一時間は待ちそうだな。

「この長蛇の列を待つのか」

レオンはため息をついていた。女の子は美味しいお菓子を購入するためなら、何時間でも待てるのよ。いや、長時間は無理か……。

「お嬢様。あそこが『サンドリヨン』ですよ」

マリーが指差した建物は女の子が好みそうな可愛い佇まいで、ショーウィンドウには素敵なドレスが何着もディスプレイしてある。

「まあ、素敵ね。ショーウィンドウのドレスを見ているだけで楽しくなるわ」

「帰りに見ていきましょうか？」

「そうだ！　ここのカフェってケーキをテイクアウトできるかしら？」

カフェの看板を見ると「テイクアウトできます。ただし一ホールのみ」と書いてあった。

「ローラさん……じゃなかった、ローラに先ほどのお礼としてケーキを差し入れしましょう」

「よいお考えです。さすがはお嬢様」

一時間ほど待って、やっとカフェの中に入ることができた。注文をする時に一ホールテイクアウトもお願いしておいた。

しばらくすると注文したケーキと紅茶が運ばれてきた。

大好きな苺のタルトを目の前にした私の目が輝く。

「わあ。美味しそう。いただきます！」

ぱくりと一口。

「美味しい！　人気のお店なだけはあるわね」

マリーはフルーツタルトを、レオンは苺の生クリームケーキとチェリーパイを頼んでいた。レオンは食いしん坊さんだからね。

「んん。フルーツがふんだんに使われているので、瑞々しくて美味しいです。来た甲斐(かい)がありました」

幸せそうにタルトを頬張るマリー。レオンは黙々と食べていたが、頬が緩んでいる。美味しいのね。

「長蛇の列に並んでよかったでしょ？　レオン？」

「ふむ。悪くない」

言葉とは裏腹にケーキがどんどん減っていく。素直じゃないのだから……。

カフェを堪能して満足した私たちはお土産のケーキを持って『サンドリヨン』を訪ねた。ローラは奥で仕事をしているとのことで、従業員の女性が呼びに行ってくれる。

しばらくすると、パタパタと小走りにローラが奥から出てくる。

「ようこそおいでくださいました、お嬢様。さあ奥の応接室へどうぞ」

応接室に通された私たちは三人掛けのソファに座る。ローラは従業員の女性に紅茶を頼むと向かいのソファに座った。

応接室を見渡すと、センスの良さが窺える。花の透かしが入った白い壁紙に、可愛い花柄のカバーがかけられたソファ。カーテンはレースで縁取られた品の良い緑色だ。

「お仕事中に申し訳ありません。先ほどのお礼を申し上げたくてまいりました。このケーキは差し入れです。皆様でお召し上がりください」

「お礼など、とんでもございません。このケーキは目の前のお店のものですね。美味しいと評判なので一度食べてみたかったのです。ありがとうございます」

従業員の女性が紅茶を運んできてくれたので、ローラはケーキを皆で食べるようにと渡す。自分の分も取り分けておくようにと言い添えることを忘れない。

私に向かって、従業員の女性は笑顔で一礼すると、応接室を出て行った。

「お店に並ぶのは大変でしたでしょう?」

紅茶を口に運ぶローラの所作は優雅だ。もしかして貴族か豪商の出なのだろうか?

「一時間待ちましたが、ケーキは美味しかったですし、並んだ甲斐がありました」

「そうですか」

にっこりと満面の笑みを向けるローラはきれいだなと思う。

「そうだ！　リオ。そこのロロロ……ローラが美容に詳しいそうだぞ。聞いてみてはどうだ？」

突然、どもりながらレオンが切り出す。ローラってそんなに発音がしにくいかしら？

「どうしてレオンがそんなことを知っているの？」

「さっき、店の前で待っている時に、少しだけ話を聞いたのだ」

ローラはぷっと吹き出している。レオンが何かツボになるようなことをしたのかな？　そして、レオンがローラを睨んでいるように見えるのは気のせい？

含み笑いをしていた口を押さえると、ローラは笑顔で頷いた。

「お嬢様たちをご案内した後に、言い忘れたことがございまして、引き返したのです。そうしたら小さな騎士（ナイト）さんがお店の前におりましたので、ちょっとお話をしていたのですよ」

「言い忘れたことですか？　どのようなことでしょうか？」

「来週、ドレスの仮縫いにお伺いいたします。美容のことに興味がおありでしたら、その時にお話しいたしましょうか？」

願ってもない申し出だ。私は頷いた。

「ぜひお願いします、ローラ」

ローラは笑顔で「はい」と返事をしてくれた。しかしドレスの仮縫いか。頑張って運動して来週までに痩せよう！　甘いものは厳禁！　いや。それは無理……。

閑話　ローラの秘密

リオとマリーが園芸の店に入っていった後、レオンは店の入り口で待つことにした。

表向きは金物の匂いが苦手ということにしておいたのだが、どうしても気になることがあったのだ。

最近出会ったある人物のことなのだが、その当人は表通りに出る道の角の壁にもたれて、こちらを窺っていた。レオンの意図をくんだようだ。

気になった人物『サンドリヨン』の店主であるローラはふっと微笑む。

「久しぶりね、森の神。瘴気のせいで、引きこもりになっていたと聞いていたけれど、無事に解放されたみたいじゃない？」

赤く艶やかな唇が弧を描く。なんとも妖艶な様だ。レオンはローラに歩みよる。

「まさかとは思ったが、やはりおまえか。火の女神よ。人の中で暮らしているとは意外だった」

「ローラと呼んでくれるかしら？」

火の女神に名前があることに、レオンははっとする。

「まさかとは思うが、人の眷属がいるのか？　王太子の小僧ではあるまいな？」

「王太子？　この国のリチャード王太子のことかしら？　確かに強力な『火魔法』の使い手だけど、生意気で傲慢だし、嫌いなタイプなのよね」

嫌悪感を隠そうともせず、ローラは顔を露骨に顰める。

レオンは内心ほっとした。神が王太子を眷属にすると、リオの脅威になりかねないからだ。彼女を危険な目にあわせたくはない。

「では、誰を眷属にしたのだ？」

「眷属なんていないわよ。名前は自分でつけたの」

神は好んで自分に名前をつけない。

眷属とした人間のみが神を好きな名前で呼ぶことを許される。

「酔狂なことだ。人間の世界に興味があるのか？」

「さっきから質問攻めね。そうよ。人間というよりは服飾に興味があるの。人間の作る服や飾り物はきれいだわ」

そういえばとレオンは思い出す。神は決まった姿を持たないので、衣装はシンプルなものだ。服にも飾り物にも無頓着な者ばかり。

ところが火の女神は美しいものに興味があった。

人間の衣装を真似て、鮮やかな赤いドレスを纏っていたものだ。

「貴方は彼女の代わりを見つけたようね。あのお嬢様はマリオンと同じ魂の輝きを持っているもの」

「代わりなどではない！　リオは……」

ローラは途中まで言いかけたレオンを手で制する。

「彼女のことは私も気に入ったわ。『火魔法』の属性を持っていたら、眷属にしたいくらいよ」

「たとえ『火魔法』の属性を持っていたとしても、おまえにリオは渡さん！」

ぷいと顔を背けるレオンを微笑ましく見つめるローラは、とても楽しそうだ。

「真剣なのね。今度こそは彼女を守りぬきなさい」

じゃあねと手を振ると、ローラは表通りへと姿を消した。

「絶対に離しはせぬ。誰にも彼女を渡すつもりはない」

誰にともなくレオンは呟く。

店からリオとマリーが出てきた。買い物を終えたようだ。レオンに向かって手を振っている。

「今度こそは必ず……我の愛しいリオ」

その声はリオには届かなかった。

第三章

ツリーハウスに使う金具を手に入れた私は園芸店の店主に教えてもらったとおり、ハーネスを装着してカラビナと滑車をツリーハウスの綱に固定する。

服は動きやすいように、トマスからお古の作業着をもらった。

金具を教えてもらったお礼も兼ねて、可愛くラッピングされた剪定用のはさみをプレゼントすると、感激したトマスは泣き出してしまった。

「ありがとうございます、お嬢様。我が家の家宝にさせていただきます」

「……いえ。ちゃんと使ってね」

園芸のお店で買ったはさみは高価なものではないから、普通に使ってほしい。

作業着はマリーにサイズを合わせて繕ってもらった。着やすいし、体を締め付けないし、作業着っていいわね。ただ屋敷の中では着られないので、森に行ってから着替えた。

屋敷の中で着ていたら、お母様に怒られそうだ。

準備が完了したので、ツリーハウスに登り始めた。

設置した梯子を登るだけなのだが、ツリーハウスの位置を高くしてしまったので、高揚感がすごい。

最悪、足を滑らせても命綱があるので大丈夫だが、緊張する。

どうにかツリーハウスに辿り着いて、周りを見渡すと北部の山が見えた。頂上はまだ雪をかぶっているが、山肌とのコントラストがきれいで絶景だ。

「うわあ！　すごい！　いい眺めだわ。ツリーハウスを作ってよかった」

「おまえはするすると猿のように登っていくな。我の出番がなかったではないか」

落ちそうになったら、助けてくれるつもりだったらしいレオンがツリーハウスに着地すると翼をたたむ。

「猿じゃないもん！　レディに対して失礼だわ」

「レディは作業着を着て、木登りしたりはせぬぞ」

レオンが意地悪く、口端を吊り上げる。

淑女教育でこれ以上教えることはないって褒められたのに。うきぃ！

「なかなかスリルがあって、楽しかったですわ」

後ろからマリーが登り切ったという爽やかな笑みを浮かべて、ツリーハウスに入っていく。背中にリュックを背負っている。何が入っているの？

マリーが背負っていたリュックの中にはスコーンと紅茶が入っていた。

これを背負いながら、登ってきたマリーは強者(つわもの)だ。

設置しておいたテーブルにスコーンと紅茶を手際よく並べていくマリーを横目に見ながら、床に座っているレオンをもふもふしている。

ツリーハウスは少し大きめに作ったので、獅子姿のレオンでも悠々と入れる設計だ。

素材は檜（ひのき）を使ったので、木のいい匂いがする。

しばらく感慨（かんがい）にふけっていると、突然、金色の鳥が入り口から舞い込んでくる。

あれ？　この鳥はもしかしてフレア様？　鳥は女性の姿にぽんと変わる。

「リオ、遊びに来たのじゃ！」

「帰れ」

遊びに来たらしいフレア様に対して、レオンが冷たく言い放つ。

「レオンがいけずなのじゃ～」

フレア様が抱きついてきたので、背中をよしよしする。

「レオン。せっかくフレア様がいらしてくれたのに、その態度はよくないわ」

「ふん！」

ふいとレオンは顔を背けてしまう。

「いい匂いがする」

フレア様の影からダーク様がぬっと姿を現す。

このパターンも最初のうちは驚いていたけれど、もう慣れた。

「スコーンの香ばしい匂いですね」

「マリーの手作りか？」

ダーク様が無表情のまま、首を傾げる。表情はなくても仕草が可愛い。

「そうですわ。マリーが朝、スコーンを焼いてくれたようです」

「ふむ。楽しみだ」

スコーンを食べる気満々のダーク様だ。

マリーのことだから、こういう事態に備えて予備のスコーンを用意しているとは思うけれど……。

「お待たせいたしました、皆様。おやつの準備が整いましたよ」

テーブルには山盛りのスコーンとクロテッドクリームとイチゴジャムが添えられている。人数分の紅茶もしっかり用意されていた。さすがはマリー。できる侍女は違う。

「さくさくとして美味しいのじゃ！」

「このクロテッドクリームも絶品だ」

「我にはクロテッドクリームとイチゴジャムをたっぷりとつけたものをくれ」

マリーの手作りのお菓子は神様たちに好評だ。

たくさんあったスコーンはあっという間になくなってしまった。

私は自分用に確保しておいたスコーンをゆっくりと味わう。

ダイエット中なので二つだけにしておいた。

食後の運動に木で造った遊具で遊ぶことにする。

フレア様とダーク様も興味があるようで、ツリーハウスから遊具で遊ぶ私をじっと見ていた。

木から木に渡した吊り橋を上に張っておいた綱に金具をつけて、渡ってみる。

バランスをとるのが難しい。全身の筋肉がぷるぷると震える。

ツリーハウスの向こうには着地しやすいように、木の周りに丸い板をつけておいた。今度は反対側を向きツリーハウスへ向かう。カラビナから手を離してバランスをとりながら歩いていく。吊り橋の板は細めに作ってある。踏み外しても命綱つきなので、落ちることはないが緊張した。

「はーー！　なんとか往復できた。結構いい運動になるわ、この遊具」

「おい、リオ。このツリーハウスからあの下の木まで綱を渡すことはできるか？」

　何かを思いついたのか、ダーク様が下の木を指差す。

「できますけれど、どうするのですか？」

「あと、その格好いい金具を貸せ」

　え？　格好いいかな？　私もハーネスはちょっと格好いいと思っていた。

　ダーク様の言うとおり、綱を下の木に渡すように創造する。上手い具合にツリーハウスから綱を張ることができた。ダーク様は金具を装着すると、綱にカラビナと滑車を通す。

「よし！　いくぞ」

　まさか⁉　ダーク様が下の木に向かって滑り降りていく。

　木にぶつかる！　危ない！　と思ったら木に激突（げきとつ）する寸前にダーク様が着地して影に潜り込んだ。素晴らしい反射神経だ。

「ずるいのじゃ！　ダーク。わたくしもあれをやってみたいのじゃ！」

「では、私の金具をお使いになりますか？」

　マリーがはずした金具をフレア様に渡す。

「お待ちください！　フレア様。あのままでは危ないので、木に緩衝材を巻いて下に木のチップを敷きます」

そうすれば、激突する前に木のチップが足にかかることでブレーキの役割をしてくれる。

最悪ぶつかっても緩衝材があれば大けがをしなくてすむと考えた。

木の下にチップをブレーキになるように敷き、木には風船のような緩衝材を巻くイメージで『創造魔法』を発動させる。イメージどおりに創造できたので、ダーク様に確認をお願いした。

ダーク様は影にとぷんと潜るとフレア様の影から姿を現す。便利な魔法だな。

「あれなら運動音痴の姉ちゃんでも大丈夫だ」

「わたくしは運動音痴ではないのじゃ！　あとお姉様と呼ぶのじゃ！」

ふんとダーク様に背を向けると、金具を装着して綱にカラビナと滑車を通す。

「ほっ！」と掛け声を発すると、下に滑り降りていく。

「ひゃっほうー！　なのじゃ！」

楽しそうに滑り降りていくフレア様。

目論見(もくろみ)どおり下に敷いた木のチップはブレーキの役割を果たしてくれた。

ただフレア様は途中から体が反転しちゃったけどね。

「運動不足のせいで体幹(たいかん)がしっかりしていないんだ。リオの機転(きてん)で姉ちゃんは木に激突しないで済んだな」

「どうせ、あやつは神界にいる時もダラダラとしているのだろう？」

レオンが呆れたようにふんと鼻を鳴らす。

「最近は異世界を題材にしたロマンス小説にハマっているぞ」

異世界を題材にしたロマンス小説？　それは面白そうだ。

「リオもやってみるか？」

金具をダーク様が返してくれた。

「はい。おもしろそうです」

再び、ハーネスを装着するとカラビナと滑車を綱に通し、滑り降りる。

風が気持ちいい。レオンに乗せてもらった空中散歩の時を思い出す。

しかし、私の体は小さくて下のチップに足が届かず、このままだとブレーキがかからず木に激突する。でも、風船のような緩衝材があるから大丈夫！

覚悟を決めて木に突っ込んでいく。

だが、緩衝材にぶつかる直前に柔らかい何かが私を抱きとめる。その後ろには白いもふもふが見えた。

抱きとめてくれたのはマリーで、木とマリーの間に立ちふさがってくれたのはレオンだった。

「リオ！　無事か？」

「お嬢様！　お怪我は？」

「ああ。うん。大丈夫。二人ともありがとう」

私が木にぶつかると察して助けに来てくれたのだろう。あれ？　レオンは飛べるからともかくマリーはどうやって来たのかしら？

「ダーク様に教えていただいた影渡りの魔法を使ったのです」

私の疑問に答えるようにマリーがにっこりと笑う。いつの間に習得したの⁉　マリーすごすぎでしょ！

「まったく！　寿命が縮まる思いだったぞ」

こつんとレオンが私の頭を小突く。肉球だから痛くないけれど。

「神様にも寿命ってあるの？」

「例えだ。おまえはもう少し大きくなるまで、あの遊具は使用禁止だ！」

「ええ！　おもしろかったのに！」

むむとレオンが眉間を寄せる。

「空を飛びたければ、我がいつでも乗せてやる」

「う……分かった……」

ツリーハウスから降りる時に使えると思ったのにな。残念……。

◇◇◇

今日はドレスの仮縫いの日だ。昼過ぎにローラが領主館に来る約束なので、朝からマリーと厨房でおもてなし用のお菓子を作っていた。ドレスの仮縫いの後に美容に関することを教えてもらうつもりなので、ささやかな教授料として……。

ツリーハウスの下に桃棚を作って、桃を栽培したのだ。桃は栽培が難しいのだが、そこは『創造魔法』の使いどころ。確実に収穫できるまで成長させた。収穫した桃を使ってカップケーキを作るのだ。

桃のカップケーキ作りは担当を分けた。スポンジは難しいので、慣れているマリーに任せて、私とレオンは桃のクリームと桃を花びらの形にカットする係だ。スポンジに桃のクリームを塗って、その上にカットした桃を花の形にして載せる。発案者はもちろんマリーだ。

「レオン、桃のクリームはできた？　クリームの中に桃のペーストを少し入れるから持ってきて」

「できたぞ。注文どおりふわふわにしたぞ」

最近、料理をする時は、レオンも手伝ってくれる。青年姿は眩しいし、獣の姿では手が使えないから子供の姿だ。

「本当にふわふわだわ。レオンって器用よね」

「ふっ。我の手にかかれば、このくらいは簡単だ」

ぐっと胸を張る。生意気な男の子みたいだけど、本体がもふもふだと思えば可愛く見える。

でも、神様って特定の姿を持たないから、獅子の姿は本体とは言えないかな？

あれ？　初めて会った時に「本来の姿」って言っていたような？　あれ？

まあいいか。そのうち聞いてみることにしよう。

「お嬢様も器用ですよ。まだ料理を始めてから日が浅いのに、包丁さばきが上手です」

オーブンからスポンジを取り出して、作業台の上に置きながら、マリーが褒めてくれた。

「ふふ。マリー先生のお墨付きがもらえたわ」

「どうかな？　料理はまだまだ奥が深いぞ」

フレア様も言っていたけれど、レオンっていけずだよね。

ケーキ作りの仕上げにかかる。三人とも黙々と作業をこなす。

名付けて「桃の花のカップケーキ」の完成だ。

ピンクがかった白い桃の実がグラデーションの花のようできれい。

「ローラは喜んでくれるかしら？」

「甘いものは好きそうでしたし、きっと喜んでくれますよ」

「味見してみたいのだが？」

今にもパクリとケーキを食べてしまいそうなレオンを制する。

「ダメ！　お茶の時間までおあずけよ」

「むう」

おあずけをされたレオンが唸るが、ダメなものはダメだ。

私だって味見をしたいのに、我慢しているのだからね。

昼過ぎにローラが従業員の女性を伴って、領主館を訪ねてきた。早速、自室に通してもらう。

「お約束どおり参りました。カトリオナお嬢様」

「ご足労いただき、ありがとうございます」

にこりと上品に笑うローラだ。やっぱり美人っていいな。

「まずは仮縫いしたドレスをご覧ください。気に入らない部分がございましたら、直します」

仮縫いされたドレスを取り出して見せてくれる。鮮やかな青がベースで、バラの花が編み込まれた繊細な白いレースをたっぷりと使っている可愛いデザインのドレスだ。

「可愛いドレスだわ。それにレースがすごく繊細できれい」

「お気に召しましたか？　マリーさんのデザインを元に少し手を加えてみました」

マリーのセンスと、それを再現してしまうローラの腕に、感心する。

「すごく気に入ったわ。素敵なドレスね」

「良かったですわ。マリーさんはお嬢様の好みをしっかり把握していらっしゃるのですね」

「私はお嬢様にお似合いだと思うデザインを提案しただけですわ。ここまで素敵にしてくださるローラ様がすごいのです」

私はマリーもローラもすごいと思う。

「ではドレスに袖を通していただけますか？　サイズのお直しをさせていただきます」

ここのところ、ツリーハウスで運動して痩せたはずだから、大丈夫。たぶん……。

ドレスに袖を通すとすんなりと入る。良かった。ビリっと破けたらどうしようかと思ったわ。

「あら？　前に採寸した時よりサイズダウンしていますね。ダイエットをされましたか？」

うっ！　そのとおりです。

「少し運動をすることにしたの」

ほほほと笑ってごまかす。

「お嬢様くらいの年齢でしたら、ダイエットは必要ありませんよ」

それダメ！　絶対！　魔法の言葉だから。甘えるとコロコロ太るから。

「少しサイズ直しを致しますね。あとドレスに合わせて髪飾りを作ってみたので、付けてみてください」

髪飾りはバラのレースと青いサテンを使った可愛いリボンだった。

「髪飾りも可愛いわ！」

ふふふとローラが微笑む。

「マリーさん、お嬢様の髪を結って髪飾りを付けてみてください」

「畏まりました」

マリーはいつもの『浄化魔法』つきのブラシを手にすると、ハーフアップに結って髪飾りを付けてくれた。手鏡を覗く。おお！　我ながら可愛い。

「まあ！　可愛らしい。やはりよくお似合いになります」

なぜかマリーが誇らしげだ。手を腰にあてて、胸を張っている。

「それにお嬢様の髪の艶が素晴らしいですね。特別な香油を使っていらっしゃるのでしょうか？」

「それは、このブラシのおかげなのです」

ブラシをローラに見せると、食い入るようにブラシを見ている。

「これは⁉　『浄化魔法』を付与していますか？」

「え？　お分かりになりますか？　もしかして鑑定眼をお持ちですか？」

「ええ……まあ……」

ローラの歯切れが悪い。鑑定眼を持っているのはすごいことだと思うけど。そうだ！　フレア様からいただいたブレスレットの力でローラを見てみれば……って！　今日は付けてなかった！

「それにしても『浄化魔法』は『水魔法』の上位魔法です。これはお嬢様が付与されたのですか？」

「いえ。マリーです。私はたぶん水属性ではありません」

魔法属性判定の前だから、断言できないのがつらいところだ。

「そうなのですか？　マリーさんはすごいですね」

ソファでくつろいでいるレオンがにゃふふと笑っている。

何かおかしなことがあったのかしら？

ドレスのサイズ直しが終わったので、マリーに目配せをする。桃のカップケーキとお茶の用意をしてもらうためだ。マリーは心得ましたとばかりに頷くと、部屋を出ていった。

「ローラ。この間言っていた美容のことなのですけど」

道具を片付けながら、ああとローラが頷く。

「はい。私でお教えできることでしたら、喜んで」

「実はバラで石鹸や香水を作ってみて、それは上手くいったのですが、他の花で試してみたところ、バラのように上手くできなかったのです」

あれからいろいろな花を使って、石鹸や香水を作るべく研究したのだが、バラのように上手く作ることができなかった。

「バラの石鹸と香水と言えば、あの完売になった人気商品ですか？　お嬢様が作られたのですか？」

「私とマリーの共同制作です」

「あの商品は私も徹夜で並んで買いました！」

なんと！　ローラも買ってくれていたのか。徹夜で並んでまで……。

「素晴らしいアイデアだと思いました。これに化粧水や香油が加われば、貴族の方々向けのいい商品になるかと……」

ローラは熱っぽく語った。頬が紅潮（こうちょう）している。

リコリスの赤い髪に赤いワンピース。まるで大輪のバラのような人だ。

コンコンと扉がノックされ、マリーが桃のカップケーキと紅茶を運んできてくれた。

「本日は美容のことを聞きながら、お茶会などいかがかと思いまして、マリーとレオンと三人で桃のカップケーキを作ってみました」

「まあ！　お嬢様自らケーキをお作りになられたのですか？」

「ええ。お時間は大丈夫ですか？　よろしければ桃のカップケーキを召し上がっていただきながら、美容のお話をしたいわ」

桃を花の形に飾った華やかなカップケーキを見つめるローラ。

やっぱり甘いものが好きなのね。良かった。

「もちろん、大丈夫ですわ。お嬢様の手作りケーキをいただけるなんて光栄です」

従業員の女性にもソファにかけてもらって、紅茶とケーキを勧める。

「美味しいですわ！　桃の瑞々しさが口の中で弾けます」

「先生。このクリームも桃の味がして美味しいです」

ローラと従業員の女性ニーナさんは一口食べては、頬に手をあてて味わっている。

食べやすいようにケーキを一口サイズに切って、レオンの前に置いてあげるとぱくりと食べて、にゃにゃにゃにゃと転げまわっている。うん。美味しいのね。可愛い。

私もいただこう。まずは桃にクリームをつけてパクリ！　美味しい！　クリームとスポンジをパクリ！　これはやめられない！　桃とクリームとスポンジではどうだ！　絶品！

食べ終わる頃には全員満足した表情になっていた。

「大変美味しかったです。ご馳走様でした」

マリーに向かって全員手を合わせる。紅茶を飲んでクールダウンしながら、本題を切り出す。

「それでバラのように上手くいかないので、その筋の専門家に相談しようと思ったところにローラと出会えましたので。何か良いアドバイスはないかしら？」

口元に人差し指をあててローラは考えている。

「花単品で試されましたか？」

「ええ。花だけです」

「花だけではなく、果物やハーブなどをブレンドすると華やかな香りになりますよ」

ローラのアドバイスは意外なものだった。ブレンドするなんて思いつかなかったわ。

「これは提案なのですが……よろしければ私とお嬢様とマリーさんで共同研究をしませんか？」

思ってもみなかった提案だった。ローラからの申し出はありがたいが、私はまだ子供だ。

「でも、マリーはともかく私はまだ子供ですし……それに両親がなんと言うか」

「美の追求をするのに大人も子供もありませんよ。それにお嬢様はなかなか面白い着眼点を持っていそうです。侯爵様には私からお話ししましょう」

「分かりました。私からも両親に話をしてみます。ローラ、よろしくお願いします」

にっこりと艶やかな笑みを浮かべると、ローラはソファから立ち上がってカーテシーをする。

「こちらこそ、よろしくお願いいたします。お嬢様」

話がまとまったので、ローラは帰ることになり、私はマリーと一緒にエントランスまでお見送りをした。帰り際、チラっと私の腕に抱かれているレオンに目を向ける。

「それでは、これで失礼いたします。あの小さな騎士……レオン君でしたか？　彼にもよろしくとお伝えください」

びくっとレオンの体が震えた気がする。

◇◇◇

ついに王都に旅立つ日がやってきてしまった。

ツリーハウスで運動をしたり、ローラとマリーと三人で石鹸や香水の共同研究をしたり、レオンをもふもふしていたりと、忙しい日々を過ごしていたら、あっという間に三ヶ月が経ってしまった。楽しい日々ってあっという間に過ぎてしまうものなのね。

そして、ただいま私は王都に向かう馬車の中にいる。グランドール侯爵領から王都までは馬車で三日ほどの道のりだ。我が領はフィンダリア王国の北部に位置するので、ちょうど国の真ん中にある王都までは遠い。

いやいやながら王都に行くのは、王族からの招待ということもあるが、お兄様の晴れ舞台だし、何より王立図書館で調べものをするという目的がある。王立図書館には詳しい歴史書もあるし、建国以来の貴族名鑑があるはずだ。そこでマリオンさんのことが少しでも分かればいいなと思う。歴史の先生にそれとなく尋ねてみたり、我が家の歴史が載っている本を読みつくしたけれど、結局詳しいことは分からなかった。

レオンはそのうち話すと言っていたのに、城跡やマリオンさんのことをなかなか教えてくれようとはしない。マリオンさんと仲良く散歩をしているレオンの夢を見てから、ますます彼女のことが知りたくなった。

レオンにとってマリオンさんはどういった存在だったのだろうか？

「リオ、考え事をしているの？」

隣に座っているお兄様が顔を覗き込んでくる。

「ううん。領とは違う景色を楽しんでいたの」

「リオは領から出るのは初めてだからね」

馬車はグランドール領内を抜けて、今日の宿泊地である隣の領内を走っていた。

隣の領は魔法院の直轄(ちょっかつ)領で、魔道具店がたくさん立ち並んでいる。店頭に並んだ魔道具の魔石がきらきらと光っていてきれいだ。

魔法院とは名のとおり、魔法に関するものを管理する国の機関で、魔法属性判定をするのも魔法院所属の判定官だ。

「防腐が付与してある器とか売ってないかしら？」

「それは美容品に使うのかしら？」

向かい側に座っているお母様が訊いてくる。その隣にはお父様が座っていた。子供の魔法属性判定には両親の付き添いが必要なので、お父様とお母様も社交シーズンではないけれど、お兄様の付き添いでともに王都に行く。

ちなみにレオンも連れてきている。今は私の膝の上で丸くなって眠っていた。マリーはもう一台の使用人用の馬車に乗っている。

「そうなの。特に化粧水は傷みやすいから」

「リオが美容品の研究をしたいと言った時は驚いたよ。でも、ローラさんが共同でというのならば安心だ」

ローラが経営する『サンドリヨン』は王都にも店を構えていて、王族からの注文もある人気店なのだそうだ。前世で『サンドリヨン』はなかった気がする。あんなに素敵な店なら貴族に人気があるはずだもの。

やはり私が時を戻ったことで歴史が変わってきているのかもしれない。時の神様は「問題ない。ピンポロリン」って言っていたけれど、本当に大丈夫なのかしら？

「ローラさんは若いのにしっかりした方だから、安心してリオを任せられるわ」

ローラはうちの両親の信頼が篤い。共同研究の話を切り出した時に、真っ先に賛成してくれたのはお母様だった。完成したら広告塔になってくれるという。

社交界の華と呼ばれるお母様が使っているといえば、いい宣伝になるだろう。

日が暮れる前に、今日の宿泊場所に着いた。

魔法院が経営する貴族や富裕層が利用する立派なお宿だ。

「グランドール侯爵家ご一家がお着きになられました」

馬車が宿の前に着くと、ローブを纏った魔法院の職員が出迎えてくれた。

魔法院の職員は紺色のローブを纏うのが決まりだ。

「これはグランドール侯爵閣下ならびに侯爵夫人とお子様方も、ようこそお越しくださいました。まずはお部屋にご案内いたします」

「うん。今夜一晩世話になるよ」

出迎えてくれた職員はこの宿の責任者のようだ。

誘われるまま後についていくと、最上階のロイヤルスイートに案内された。

一応、侯爵家だから待遇はいいみたい。

部屋は居間と続きで寝室が三部屋あった。部屋割りはお父様とお母様が二人で一部屋、お兄様、私がそれぞれ一部屋ずつ使う。レオンはもちろん私と一緒だ。

しばらくすると屋敷から伴ってきた侍女三人が荷物を持ってきてくれた。その一人がマリーだ。

自分が使う部屋にレオンとマリーとともに入る。部屋には品の良い調度品が並んでいた。

「調度品が凝っているわね」

「さすがは魔法院のお宿ですわね。明かりとお風呂にもいいランクの魔石が使われています」

我が家も魔石を使っているが、ランクはここほどいいものを使っていない。

明かりの光度が段違いだ。

「魔石って鉱山から掘るのでしょう?」

今まで猫型の聖獣のフリをしていたレオンが口を開く。

「魔物の中に稀にだが、高ランクの魔石を持ったものがいるぞ。その魔石の効力は衰えることがない。ずっと使い続けることができるぞ」

それはすごい！

鉱山から掘り出された魔石は効力が短いので、取り替える必要がある。

魔石自体、贅沢品なので所有できるのは王侯貴族か富裕層くらいだ。

「ところで二人にお願いがあるの」

ちょっと可愛くお願いをしてみる。レオンとマリーは顔を見合わせると深くため息を吐いた。

夕食の後、こっそりと宿を抜け出して、魔道具が売られている店が立ち並ぶ場所へと向かう。

色とりどりの魔石がキラキラと輝いている。まるで宝石の街のようだ。

「この街を見た時から嫌な予感がしていたのだ」

「お嬢様が大人しくしているわけがありませんよね」

夜の街は危険なので、レオンには青年姿になってもらった。女二人と可愛い獣よりは、男性がいた方が威嚇（いかく）になるものね。レオンの素顔は目立つので、メガネをかけてもらった。

「せっかく魔道具がたくさんあるのよ。見てみたいじゃない」

魔道具を鑑定できるようにフレア様からいただいたブレスレットをつけてきた。何かいいものがあったら購入しようと思う。

店を一軒一軒物色していく。ふと一軒の店の前で目をひくものがあった。

『防腐』付与つきの小瓶だ。これは化粧水や香水を入れるのに使える！　値段は銀貨三枚か。大きさの割には値がはるのは、魔道具だから仕方ない。

「すみません。この小瓶を三つ下さい」

店主が出てきて小瓶を包んでくれる。

「どうして三つだけにしたのですか？　お嬢様」

「まとめて買う前に試してみたいの。液状の石鹸と香水と化粧水にね。いい結果が出たら、まとめて取り寄せるわ」

「それと大金はちらつかせない方がいいだろうな。そうでなくても身なりがいいから狙われやすい」

どういうこと？　と思ったら、ちょっと悪そうな男たちに囲まれた。

「へへへ。お嬢ちゃんたちいいところの子供だな。大人しく金を置いていったら何もしないぜ」

テンプレどおりの悪者たちのセリフにため息が出た。もう少しひねりがないものかしら？

「お金が欲しかったら働きなさい！」

言うが早いかマリーが『風魔法』で男たちを吹き飛ばした。

「お見事！　さすがマリー」

しかし、男たちの仲間はまだ三人ほど残っている。下卑た笑みを浮かべながら間合いを詰めてきた。男の腕が私へと伸びる。ことはなかった。

私たちの前に黒い影が立ちはだかる。長身の男の人だ。彼は腰に佩いた剣を抜刀し、あっという間に男たちを峰打ちで倒してしまった。見事な剣の腕前だ。

男の人は倒れた悪者たちを足で蹴って、通行人の邪魔にならないように道の隅に避ける。

「怪我はないか？」

私たちに振り返った男の人はこの国の民ではなかった。風貌が物語っている。

頭頂で結った長い黒髪が風で揺れる。

切れ長の黒い瞳は私たちを気遣うように優しい眼差しをしていた。

「はい。大丈夫です。あの……助けてくださってありがとうございました」

マリーとともに一礼をする。

「夜に女二人で歩いていると危ないぞ。旅行者か？　宿はどこだ？」

「宿は目の前です。よろしければ、お礼にお茶などいかがでしょうか？」

マリーが指差した先を、彼は一瞥すると「ああ」と頷く。

「礼には惹かれるが、先を急いでいるんだ。気を付けて……」

言いかけて男の人のお腹がぐうと鳴った。

「あの……飴食べますか？」

マリーがポケットから飴を出す。男の人はコホンと咳払いして飴を受け取る。

「また会う機会が会ったら、何か甘いものでも奢ってくれ」

後ろ手にひらひらと手を振ると、立ち去っていった。

簡素な長着を帯で結んだだけの民族衣装は人目を惹く。あの男の人は見覚えがある。珍しい片刃の剣といい……まさかね。

「我の出番がなかった」

レオンは少し離れたところにいた。私たちを守るように男たちの前に立ちはだかったのだが、どさくさに紛れて弾き出されてしまったらしい。

「レオンは神様だから人間に手出しをしてはダメよ」

しゅんとうなだれるレオン。耳が垂れているように見えるのは幻かな？

翌日、朝食の後、魔法院のお宿から出立した。鼻歌が出てしまいそうなほど機嫌がいい私に家族は訝し気だ。

「ご機嫌だね、リオ。何かいいことでもあったのかい？」

「うん。ちょっとね」

レオンは不貞腐れて寝ている。昨日活躍できなかったから拗ねているのかしら？

あと一泊したら、いよいよ王都に到着だ。

◇◇◇

王都のタウンハウスは領の屋敷と比べるとこぢんまりとしている。それでも他の貴族のタウンハウスと比べると規模は大きい。

「今世では初めてね。それとも前世ぶりといった方がいいのかしら？」

前世で十歳から住んでいたタウンハウスの自分の部屋を眺める。ここから王宮に通って妃教育を受けたのだ。懐かしいというよりは嫌な思い出があまりにも多すぎた。

「お嬢様。お部屋の模様替えをいたしましょうか？　それともお部屋を変えますか？」

沈んだ顔をしていたのだろうか？　マリーが気遣うように提案をしてくれる。

「大丈夫よ、マリー。嫌な思い出が多かったとはいえ、そればかりではないの。いい思い出もあるのよ」

十歳の時に初めてできた友達。彼女が私の部屋を可愛いと褒めてくれた。この部屋でよく一緒に遊んだな。家族と執事長とマリー以外で私を最後まで信じてくれた親友だった。

私が処刑された後、彼女はどうなったのかしら？

「やはり部屋を変えてもらった方がよいのではないのか？　リオ。浮かない顔をしている」

私の膝に手をかけてくるレオン。猫が撫でてほしい時にする仕草よね。

「レオン、ありがとう。でも本当に大丈夫よ」

額を撫でてやると、レオンは目を細める。

「窓とベッドの天蓋のカーテンは変えましょう。ローラ様が研究熱心なお嬢様に贈り物をということで預かっている物があるのです」

マリーが荷物の中からカーテンを取り出した。窓用のカーテンはパステルカラーのピンクだ。縁どりにはドレスにも使われているバラのレースが縫われている。天蓋用のカーテンは白のオーガンジーにやはり縁どりにバラのレースが使われていた。

「ローラがこれを私に？　バラのレースは決して安くはない代物でしょう」

「このレースをお嬢様がとても気に入ってくれたので、ぜひお使いくださいとのことでした」

「それにしてもサイズがよく分かったわね？　ローラはタウンハウスの窓枠やベッドサイズなんて知らないでしょう」

「父に聞いて私がお伝えしました」

さすがは執事長だ。タウンハウスの間取りや窓枠サイズなんかも全部把握済みなのだ。

「それにしても素敵ね。インテリア用の雑貨も取り扱えば、あちこちから注文が殺到しそうね」

カーテンを広げて手触りを確かめる。どちらもいい品物だ。

新しい物を見るとワクワクする。嫌な思い出なんて吹き飛びそうだ。

ローラの心遣いに感謝する。

「ローラに何かお土産を買っていかないとね」

「またこっそりと買い物にでかける気だな。リオ」

胡乱な目をしたレオンに見つめられる。そんな顔したって可愛いだけだからね。

「もちろんレオンとマリーも付き合ってくれるのよね？」

「当然です」

「無論だ」

王都でも三人でデート決定だ。ふふふ。楽しみ。

その夜、フレア様とダーク様がタウンハウスに遊びにやってきた。

「ここがリオの部屋なのじゃ？　可愛いのじゃ！」

「マリー、おやつをくれ」

「おまえたちは何をしにきたのだ？　帰れ」

マカロンと紅茶を運んできたマリーは、ソファにちゃっかり座っているフレア様とダーク様の前にお出しする。私はハーブティーにしてもらった。夜に甘いものを食べるのは厳禁だ。

明日着る新しいドレスが入らなくなったなんてことになったら、ローラに申し訳ない。

ドレスは王都に旅立つ一週間前にできあがった。最後の調整の時にはジャストサイズだったので、この体形を維持しなければと夜にもストレッチをしていた。

最悪コルセットでギリギリに締め上げる手もあるけれど、それは奥の手だ。

コルセットは苦しいのであまり好きではない。好きな貴婦人はいないだろうけれど……。

「明日はいよいよお茶会なのじゃ。リオにエールを送りに来たのじゃ」

「リオ大丈夫か？　こっそりマリーの影に隠れてついていってやろうか？　王宮の菓子は美味いかもしれないしな」

お気持ちはありがたいですが、本音はマリーの影に隠れてこっそりお茶菓子を狙っているのですね？　ダーク様。

「大丈夫ですわ、ダーク様。お嬢様は私がお守りいたします。カス王太子が何かしようとしたら、私が黙っておりません」

何やらマリーの笑みが黒い気がする。

「マリー。まさかと思うけど、王太子殿下のお茶に下剤を入れたりしないわよね？」

「まあ、お嬢様。そのようなことをしたら王宮の使用人の方々が罰せられてしまいます」

ほっと胸をなでおろす。

「そうよね。マリーがそんなことをするわけがないわよね」

「無味無臭の証拠が残らない弱毒で三日ほど寝込んでいただくくらいですわ」

「王太子に嫌がらせか？　面白いな。俺が影から王太子の足を掴んで転ばすというのはどうだ？」

「わたくしは鳥の姿でくるみを王太子の頭に投下するのじゃ！」

皆さん、物騒なことはやめてあげて！　王太子殿下は子供ですよ。九年後の彼ならともかく……って！　何考えているの。私！

「レオン！　黙ってないで皆様を止めて！」

「何故だ？　どれも面白い提案だと思うが。我は王太子の小僧にどのような罰を与えればよいかな？」

可愛い獣姿のレオンが口端を釣り上げて不敵に笑っている。

「ダメです！　絶対！　皆さん王太子殿下には何もしないでください！」

必死に止める私に不満そうな神様たちだったが、一応、何もしない方向で話はまとまった。

肩入れしてくれるのは嬉しいのだけれど、現時点で王太子殿下に何かされているわけではないからね。


翌日、タウンハウスは朝から大騒ぎだった。お兄様の魔法属性判定とその後のお茶会出席のための支度で、タウンハウスの使用人たちは、朝から忙しく動き回っていた。もちろんマリーも例外ではない。

「みんな忙しそうね。何かお手伝いすることはあるかしら？」

階段の踊り場からレオンを抱えて、様子を眺めていた。

「何を他人事のように言っているのです。リオ、貴女も早く支度をしなさい」

上からお母様の声が降ってくる。振り返るとお母様が仁王立ちしていた。

「え？　私はお茶会のみ参加なので、後から王宮に行けばいいのではないですか？」

「貴女一人で王宮に行かせるわけにはいかないでしょう。一緒に魔法属性判定の付き添いに行くに決まっています」

ええ！　聞いてない。てっきりお茶会だけ出席すればいいと思っていた。

「早くお部屋に戻って支度をしなさい。マリーを手伝いに行かせるわ」

「……はい。お母様」

すごすごと自分の部屋に帰っていく。

部屋に戻るとマリーがドレスの準備をして待っていてくれた。

「まさかお兄様の魔法属性判定についていくことになるとは思わなかったわ」

「そうですわね。でも王宮に登城されるのは、許可された御方だけです。お嬢様はまだ社交デビューをされておりませんし、王族と謁見なさっていらっしゃいませんからね。保護者と一緒に行かなければなりません」

そうだった。失念していたけれど、今世の私が王宮に登城するのは初めてだった。

「魔法属性判定は魔法院の会場で行うから、魔道具の持ち込みは禁止なのよね。はっ！　姿を消したレオンが魔法院のゲートで引っかかってしまわないかしら？」

魔法院は入り口に魔力を帯びたものがないかチェックするゲートがあるのだ。

ただし、人が生まれつき持っている魔力には反応しないようになっている。

「心配せずともよい。そのゲートとやらは人間が作った魔道具だろう？　我ら神にはそのようなものは通じぬ」

「フレア様からいただいた、このブレスレットも？」

腕につけているブレスレットを指差す。

「無論だ。それは神具で魔道具とは違う。神の持つ神気がこめられておるのだ」

確信を持ったレオンの言葉に安心した。鑑定眼と同じ効力を持つブレスレットをつけていきたかったのだ。私も約二年半後に魔法属性判定を受ける。魔法属性判定に使う魔道具の正確さを確認しておきたい。

「おまたせいたしました、お嬢様。お支度が整いましたよ。鏡をご覧になってくださいませ」

全身が映る鏡の前に移動すると、私じゃない誰かがいた！

青い生地にバラのレースがたっぷり使われた可愛いデザインのドレス。ハーフアップにされた白銀の髪にはドレスに合う髪飾りをつけた少女が立っている。

「これ、私？　マリーの腕ってすごいのね。とても可愛く見えるわ」

「お嬢様が元々、可愛らしいのですよ」

鏡の前でにこりと笑って、くるくると回ってみる。うん。満更(まんざら)でもない。

レオンを見るとじっと私を見つめていた。

「どう？　レオン」

「う……うむ。可愛らしいぞ、リオ。どこの姫君かと思ったぞ」

「一応、貴族の娘だけどね」

さて、行きますか！　気合いを入れるように両頬をパンと叩く。

「いざ！　出陣だ！」

「戦に行くわけではないぞ」

レオンの突っ込みはスルーする。私にとっては戦場に行くようなものなのよ。

魔法院へ向かう馬車の中で、お茶会のシミュレーションを頭の中でしていた。

他の貴族の方々も参加するのかしら？　そうだとしたらラッキーなのだけど。壁の花になっていれば、王太子殿下と話す機会は少ないだろう。

それに彼女に会うこともできるかしら？　前世のただ一人の親友に……。

「今日のリオはいつにも増して可愛いな」

お父様がデレデレとしている。普段はキリっとしていて冷静なお父様だが、実は娘大好き残念パパなのだ。

「『サンドリヨン』のドレスが可愛いのと、マリーの腕がいいからよ。お父様」

これ以上突っ込まれたくないので、話題を変えることにした。

「ところでお兄様はご自分の属性は、何だとお思いですか？」

「う〜ん。風属性じゃないかと思うんだ」

我が国では十歳の魔法属性判定の儀式を迎えるまでは、魔法を使うことを禁じられている。十三歳で魔法学院に入学するまでは、師匠をつけて基本的なことを学ぶ。

魔法学院に入学してからは属性に応じた訓練をして、将来の道を選択するのだ。

私は内緒でどんどん魔法を使っているけれどね。

前世でのお兄様は強力な『風魔法』の使い手で、剣に魔法を付与して戦うという武術を身につけていた。魔法院や騎士団からスカウトがあったのだが、すべて断って領地経営に徹していた。愛する婚約者とともにいたいという理由でだ。

素敵な貴公子になるお兄様だが、家族を溺愛するという点はお父様に似たのね。

お兄様をさりげなく鑑定してみると『魔法属性：風』と出ていた。本人の予想どおりだ。

「『風魔法』か。四大属性の中でも攻撃系に長けた魔法だ。そうだといいな、ジーク」

「僕は父様と同じ『土魔法』がいいです。我が領は資源が豊富ですし、穀物の肥料開発にも役に立ちます」

お父様は『土魔法』、お母様は『氷魔法』の魔法属性を持っている。

まだ生まれていない妹のメアリーアンは前世で魔法属性判定前に亡くなったので分からない。

「本当に優秀な後継者を持ってよかったよ」

うんうんと満足気に頷くお父様。領主としては二人とも優秀なのだけれどね。

溺愛はほどほどにした方がいいと思うよ。

魔法院に到着し、件のゲートを通る。あっさりと通過することができた。姿を消して私の隣にいるレオンは、認識されずに済んだので一安心だ。

『人間の作った魔道具などたいしたことはないな。ふっ』

さすがは神様。余裕綽々だ。私はレオンが大丈夫だとは言っても、ゲートに探知されるのではないかと、内心冷や汗ものだった。

『もしゲートに探知されたら、どうするつもりだったの？』

『壊すに決まっておる』

良かった！　探知されなくて……。

魔法属性判定の会場には、中央に属性判定の魔道具が置いてある。大きな透明の水晶玉だ。『魔法属性判定玉』と呼ばれている。あの玉に手をかざして魔力を通すと、属性ごとに色が変わるしくみだ。

火属性は赤、水属性は白、風属性は青、土属性は茶。光属性は金色に輝き、闇属性は黒く染まる。無属性は透明のままだ。二属性以上を持っていると何色かに分かれる。

ちなみにセカンド・マナは別物なので、魔法属性判定玉に現れることはないとレオンが言っていた。

色が不鮮明な場合、例えば赤っぽい朱色とか青っぽい水色などは派生魔法なので、判定官によって鑑定されるのだ。

付き添いの家族の席割りだが、貴族は二階以上に設けられたバルコニー席、富裕層は水晶玉の後ろに設けられた席に座り、庶民は立ち見と分けられている。

グランドール侯爵家は公爵に次ぐ位なので、見えやすい三階のバルコニー席だ。今回は王太子殿下が魔法属性判定に該当するので、王族は正面にある王族専用席に座る。国王陛下と王妃殿下と王太子殿下の妹姫クリスティーナ王女殿下が、すでに王族専用席に座っているのが目に入った。

「それでは魔法属性判定を開始いたします。まずはリチャード・アレン・ヴィン・フィンダリア王太子殿下！　魔法属性判定玉の前に手をかざしてください」

判定官の儀式開始の合図で、まずは王太子殿下の属性判定から始まる。

順番は身分の高い者からだ。

王太子殿下が魔法属性判定玉の前に進み出ると、手をかざし魔力を通す。しばらくすると、赤と青の二色に分かれた。特に赤が一際、強く輝く。強力な『火魔法』の使い手ということだ。

「リチャード・アレン・ヴィン・フィンダリア王太子殿下は『火魔法』と『風魔法』の二属性持ちです」

書類に判定官が書き込みをする。あれ？　『鑑定眼』は？

「おお！　さすがは王太子殿下！　二属性の魔法をお持ちとは、将来が楽しみですな」

周りの貴族から拍手が上がる。

『レオン。鑑定眼は魔法ではないの？』

念話でレオンに聞いてみる。

『鑑定眼は特殊な目だ。あの水晶玉は魔力のみしか感知しないのだろう。他の身体強化系の特殊な力を持っている者も、無属性と判定されそうだな』

そういえば、王太子殿下は『鑑定眼』を持っている話をした時に「内緒だよ」と言っていたな。

判定官は『鑑定眼』持ちだから、自己申告なのだろうな。きっと……。

「次はグランドール侯爵家ご子息。ジークフリート・ユーリ・グランドール殿！　魔法属性判定玉の前に手をかざしてください」

今年は公爵家に魔法属性判定の該当者はいないらしい。王太子殿下の次にお兄様が呼ばれた。

お兄様が魔法属性判定玉に手をかざし魔力を通すと、鮮やかな青に輝いた。強力な『風魔法』の印だ。

「グランドール侯爵家ご子息。ジークフリート・ユーリ・グランドール殿は『風魔法』です」

またもや周りから拍手が起きる。

「やはりジークは風属性だったな」

「ええ。鮮やかに輝いておりましたから、魔力が強力なのですね」

お父様とお母様は周りに合わせ拍手をしながら、嬉しそうに微笑み合う。

「次は……」

判定官が次の属性判定の対象者の名を読み上げる。次は伯爵家のご令嬢のようだ。今年の対象者は王侯貴族、庶民を合わせて五十人だった。

程なくして魔法属性判定は終わりを告げられたのだ。

王宮に登城すると、両親は宰相(さいしょう)に挨拶に行くため、お兄様と私を宰相執務室へ連れていく。

アポイントは事前にとってあるようだ。

『なぜ宰相に謁見(えっけん)する必要があるのだ？』

『現宰相フランシス・スティアート・ポールフォード公爵はお母様のお兄様。つまり私の伯父上にあたるの』

『なるほど』

　レオンと念話を交わしているうちに、宰相執務室へ到着する。

　扉をノックすると「どうぞ」という声が聞こえた。伯父上の声だ。

「失礼いたします。義兄上、お久しぶりです」

「おお！　アレクとエリーか。久しぶりだな」

　お父様の名前はアレクシス・カール・グランドール。愛称はアレク。

　お母様の名前はエレオノーラ・マリエ・グランドール。愛称はエリーだ。

　フランシス伯父様はお母様によく似た面立ちで、白金色（プラチナ）の髪に緑の瞳にモノクルをかけた知的な美形だ。結婚前は数多のご令嬢を泣かせた貴公子だったとか……。

　伯父様は執務机から立ち上がると、お父様とお母様に駆け寄り、それぞれにハグをした。

「そちらはジークフリートか？　大きくなったな。今日の魔法属性判定はどうだったのだ？」

「お久しぶりです、伯父上。僕は風属性でした」

「そうか。四大属性の中でも強力な魔法だ。良かったな、アレク。優秀な後継者に恵まれて」

　お兄様にもハグをして、頭を撫でる。次は私に目を向けると、腹部に左手をあてて、右手は後ろに回し、紳士の礼をする。淑女扱いをしてくれているので、答えるようにカーテシーをした。

「こちらの素敵なレディはカトリオナかな？　三歳の時に会って以来だ。エリーに似て可愛いな」

伯父様はハグをすると頬をスリスリしてくる。出たよ。姪っ子大好き攻撃……。前世でも伯父様は登城する度に仕事を放り出しては、私のところに顔を出した。そして冤罪をきせられた時にも、必死に無罪の証拠を集めてくれた人だ。

『リオの周りは、おまえを溺愛する人間が多いな』

『……そうみたい』

見えないけど、レオンが呆れた顔をしているのがなんとなく分かる。

「今日は王太子殿下主催の茶会に招待されたのだったな？」

やっとスリスリをやめてくれた伯父様が、本題を切り出す。

コの字型のソファに座る家族の対面で、私はなぜか伯父様の膝の上に乗せられている。伯父様には娘がいないので、可愛がってくれるのは分かるのだけど……。

「ええ。ジークとリオが招待されております。私たちは控室で待つように言われているのですが、心配です」

「そういうだろうと思って、茶会がよく見える部屋を用意したぞ。無論、私も同席する」

伯父様。職権乱用です。

「茶会にはクリスティーナ王女殿下も参加されるそうだ」

え？　クリスティーナ王女殿下が⁉

お茶会が開催される王宮の中庭まで、お兄様と私は王宮仕えの侍女に案内されて回廊(かいろう)を歩いている。

クリスティーナ王女殿下もお茶会に参加されるという伯父様の言葉に、憂鬱(ゆううつ)な私の心が少し晴れた。

『クリスティーナ王女は前世のリオとはどういう関係だったのだ？』

姿を消したまま、私の横にいるレオンが念話で聞いてくる。

『クリスティーナ王女……クリスは私の親友だったの。家族と執事長とマリー以外に私の冤罪を信じてくれた唯一の大切な友人……』

クリスティーナ王女は王太子殿下の二つ年下の妹で、私とは同じ年だ。十歳で初めて会った時から、魔法学院時代もともに学び遊んだ親友だった。

正直、王太子殿下よりもクリスティーナ王女殿下の方が優秀だったのだ。才覚も魔力も……。何より王者としての器が王太子殿下よりも大きかった。それゆえに王女を女王に擁立(ようりつ)しようとする、貴族の派閥があったのだ。王太子派と王女派では王女派の貴族が圧倒的に多かった。我が家も王女派の派閥に属したかったのだが、私が王太子殿下の婚約者だったこともあり、それは叶わなかった。

『……そうか。今世でも友になりたいのか？』

『うん。叶うことなら友達になりたい』

人懐っこい彼女のことだ。友達になってくださいと言えば、なってくれるだろう。でも王族相手だからな。こちらから友達になってほしいとは言いにくい。

『そんなことはない。友になってほしいのならば、素直に言えばよい』

　レオンが返事をしたということは、念話で話していたみたい。

『そうなのだけど、貴族社会っていうのは、素直に生きられないものなのよ』

　駆け引きだの、腹の探り合いだの、本当に貴族って面倒くさい。

　中庭に用意されたお茶会の会場には、今日魔法属性判定を受けた貴族の子息令嬢も招かれていた。これで肩の荷がもう一つおりる。はい、壁の花決定！

　と思いきや――――。

　用意されたテーブルはリチャード王太子殿下とクリスティーナ王女殿下とお兄様と私という組み合わせの席だった。気まずい……。

　せっかく軽食のサンドイッチやスコーンにケーキが美味しそうなのに、これでは食べられない。

「今日はお茶会に来てくれてありがとう。ジークフリートとカトリオナ。また会えて嬉しいよ」

「恐れ入ります。王太子殿下」

　お兄様が代表して挨拶をしてくれる。

「魔法属性判定は疲れたね。それにしても、ジークフリートの風属性の魔力はすごかったね。鮮やかな青色に輝いていた」

「ありがとうございます。王太子殿下こそ二属性も魔力をお持ちとはさすがです。特に火属性の魔力は炎のように燃え上がった赤で美しかったです」

　にっこりと天使の笑顔で微笑み合う二人は、見ている分には麗しくていいのだけれどね。

「堅苦しいから、僕のことはリックと呼んでほしいな。ジークフリートのことは、ジークと呼んでいいかな？」

「もちろんです。それでは殿下のことは公の場以外では、お名前で呼ばせていただきます」

「うん。カトリオナのことはリオって呼んでもいいかな？」

そこでダメとは言えないでしょうが！　でも嫌だな。前世と同じ愛称で呼ばれるのは……。迷っていると助け船が入った。

「お兄様。あまり無理を言ってはいけませんわ。カトリオナ嬢が困っています」

ティーカップをソーサーにカチャと置きながら、クリスティーナ王女が兄を諌める。

「ひどいな、クリス。名前を愛称で呼んでもいいか聞いているだけだよ」

「王族が同意を求めるという意味の重さがお分かりになりませんか？」

私と同じ年なのにすごいな。もう王族の重みを理解している。

「あ……あの！　ケイトはいかがでしょうか？　私のカトリオナという名前の綴りは、ケイトリンとも読めるのです」

しばらく間をおいて、ぷっとクリスティーナ王女が吹き出した。

そのまま手で口をおさえて下を向いている。

あれは大笑いしたいのを我慢しているわね。彼女は笑い上戸だもの。

「気に入ったわ。来て！　わたくしのお気に入りの温室に案内してあげる」

私の手を掴むとクリスティーナ王女は早足で歩きだす。

「おい！　クリス！」

制止しようとする王太子殿下に振り返り、笑顔で手をひらひらと振る。

「あとはよろしくお兄様。わたくしたちは魔法属性判定にはまだ早い年ですもの」

私はクリスティーナ王女に引きずられながら、お兄様に「ごめんなさい」と目配せをすると「いいよ」というようにウィンクしてくれた。

半ば強引に引っ張られる形でクリスティーナ王女に連れ出されたが、お茶会の場は気まずかったので助かった。彼女には感謝している。

「あー！　堅苦しかった！」

両腕を上に向けてう〜んと伸びをするクリスティーナ王女だった。ふふ。子供の頃から全然変わっていないのね。大らかで人懐っこくて、賢くて優しくて、そして強い。

「あの……クリスティーナ王女殿下。ありがとうございました」

「クリス！」

「はい？」

「クリスと呼んでほしいの。敬称はいらないわ。わたくしは貴女のことをリオって呼ぶから」

ぷっと今度は私が吹き出した。やっぱり変わっていない。王族の重みって言いながら……。いいえ。貴女のそれは貴女自身の魅力ね。強引でいてなぜか憎めない。

「え？　何かおかしかったかしら？」

「いいえ。王女殿下……じゃなくてクリスが可愛いからですわ」

ぷうと頬を膨らませるクリス。リスの頬袋みたいで愛嬌がある。

「可愛いかしら？　いつもお兄様には生意気って言われるわよ」

　王太子殿下と同じ金色の髪に鮮やかな青い瞳。前世では王太子殿下の青い瞳が好きだったけど、今は貴女の青い瞳の方が好きよ。くるくると変わる表情と可愛らしい仕草も好きだわ。

「クリスは可愛いです」

「リオの方が可愛いわ。そのドレス『サンドリヨン』のオーダーメイド品でしょう？　見た時から良く似合っていて、可愛いと思ったのよ。ドレスもだけれど貴女自身がね」

　おお！　もしやクリスも『サンドリヨン』の製品が好きなのかな？

「クリスは『サンドリヨン』の品がお好きですか？」

「ええ！　ドレスも髪飾りも可愛いと思っていたの。今度からあの店でオーダーをするわ」

「ローラが喜ぶと思いますわ」

「あら？　『サンドリヨン』の店主と知り合いなの？」

　クリスになら話してもいいだろう。私はローラと共同研究をしていることを語った。

「ええ!?　あのバラの石鹸と香水はリオが考えたの？　お母様への献上品からくすねて使ってみたけれど、あれは良かったわ」

　王妃様への献上品からくすねたって……。彼女らしいといえばらしい。

「正確には私の侍女と二人ですが……」

　ふむといたずらっぽい顔をすると、クリスは人差し指を立てる。

「そういうことなら、なおさらリオを温室に案内したいわ」

　クリスが案内してくれた小規模な温室には、ハーブと見たこともない花や薬草と思われる草が所狭しと植えてあった。

「すごい！　植物図鑑に載っていない花がたくさんあるわ」

「ほとんどが遠い東の国のものなの。かの国は薬学に富んだ国らしいわ。献上品の中にあったのだけど、お父様やお母様は種なんていらないと言って捨てようとするから、私が引き取って育てたのよ」

　それはもったいない。私でもそうする。

「クリスが育てたのですか？」

「そうよ。お兄様の鑑定眼によると、わたくしは土と風の属性らしいわ。おまえには土いじりが向いているとバカにされたけれど、わたくしはそれでいいと思ったわ」

　そういえば、クリスも二属性の魔力の持ち主だった。

　フレア様のブレスレットを使って彼女を鑑定してみると「魔法属性：土・風（雷）」という結果が出た。風の隣の（雷）って何？

『レオン。クリスの魔法属性で風の隣に（雷）って鑑定結果が出たのだけど、それは何？』

『む！　確かに。これは珍しいな』

　今まで黙っていたレオンがクリスを神眼で見たらしい。

『珍しいの？』

『雷魔法はかつて五大属性があった頃の魔法だ。雷の神は遥か昔に異世界に行ってしまったのだ。

現在は風の神が兼任している』

『だから（雷）なの？』

『うむ。（雷）付きの風属性を持つ人間はなかなかいないから珍しいのだ』

「……オ。リオ。聞いている？」

はっと我にかえる。レオンと念話で話している間に、クリスが何か話しかけていたらしい。

「申し訳ありません。考え事をしておりました。もう一度お聞きしてもよろしいですか？」

「新商品のアイデアでも考えていたの？　まあいいわ。わたくしもその共同研究とやらに協力できると思うの。この温室を提供するわ」

それは願ってもないことだけど、王宮に来いってことかしら？

念のため、クリスに確認をしてみることにする。

「ありがたいお申し出ではございますが、我が領は王都から遠いので、なかなか王宮に登城することはできないと思うのです」

ああというように頷くとクリスは補足する。

「言い方が悪かったわね。この温室にある植物の種を提供するわ。グランドール侯爵領は土質が肥沃（ひよく）だから、植物がよく育つと思うの」

なるほど。そういうことなら、ありがたいことだ。受けることにしよう。

この植物の中に、研究に役に立つものがあればいいと思っての申し出だろう。

「ありがたくお申し出をお受けいたします。クリス」

「敬語は使わなくてもいいわ。わたくしたち同じ年ではないの。そうだ！　リオ、わたくしとお友達になりましょう」

「え？　お友達ですか？」

まさかクリスから、お友達になろうと言われるとは思わなかった。

こちらはどうやって切り出そうか、考えあぐねていたというのに……。

「そうよ。いやかしら？」

上目遣いにクリスは私を見つめてくる。うっ！　可愛い。

「いやではありません！　むしろ嬉しいです。私もクリスと……お友達になりたいなと思っていたの」

「良かった！　同じ年のお友達は初めてよ」

「え？　王都には同じ年頃の令嬢がいるのではないの？」

クリスが無表情で半眼になる。

「王族とつながりを持ちたいという貴族が、自分の娘を送りこんではくるけれど、話が合わないし、つまらないの」

それはそうでしょうね。王女とつながりを持って王太子殿下に近づくとか、いずれ息子と王女を合わせるためのきっかけを作るとか、打算だらけだろうからね。

「私と友達になろうと思ってくれたのはどうして？　私も打算ありかもしれないでしょう？」

「リオが気に入ったからよ。それに貴女に打算はないでしょう。だってリオは最初から早く帰りたいって顔をしていたもの」

そんな顔をしていたかな？

確かに早く帰りたかったけれど、表情には出していないつもりだったはずだ。

「その……気まずいから、早く帰りたいなとは思っていたの。でもね。クリスとお友達になってくださいっていう機会を狙っていたから、最後まで頑張ろうと必死だったわ」

「リオは素直ね。ますます気に入ったわ。参考までに聞くけれど、機会がなかったら、どうするつもりだったの？」

「その時はお手紙を出すわ！」

きょとんとした後、クリスが豪快に笑い出した。

「それでは男女の恋文のやりとりよ。リオは面白いわね。うん。お手紙か。いいわね。王都とグランドール侯爵領は離れているから、文通をしましょうか？」

「王宮に贈る手紙は検閲されるのではないの？」

王族への手紙は秘密文書を除いて、全て検閲されることになっている。贈り物もだ。

内容を読まれるのは嫌かも？　恥ずかしいことを書くつもりはないけれど……。

「検閲されない方法があるわ。普通のお手紙と植物の成長記録の報告が欲しいから、わたくしも内容を知られるのはいやだもの」

植物の成長記録か。送るつもりではいたけれど、帰ったら忙しくなるわね。

温室を作らないといけないから、トマスに協力してもらうことにしよう。

「検閲されない方法？　そんなことができるの？」

「後でグランドール侯爵家のタウンハウスに届けさせるわ」

届ける？　魔道具かしら？

お茶会が終わった後にクリスと王宮内に戻った。

それまでは、クリスと温室内に設けられたガーデンテーブル席に紅茶とお菓子を持ってきてもらって、ずっとおしゃべりをしていたのだ。

植物の話、『サンドリヨン』の話、お菓子の話など話題は尽きなかった。

元々、前世でもクリスとは趣味や好みが似ていて気が合ったのだ。

私が最近お菓子やお料理を作っていることを話したら、クリスは今度自分も作ってみたいから、グランドール侯爵領に遊びに行くという約束もした。

楽しいひとときだった。

ところが帰り際、馬車に乗る前に王太子殿下が見送りに来て、私への贈り物だというバラの花束を抱えてきたのだ。

「前にグランドール侯爵領に視察に行った時、バラが好きだと言っていただろう？　次にリオに会う時にはバラを贈ろうと思っていたんだ」

白とピンクの可愛らしいバラの花束が、リボンや不織布で可愛くラッピングされている。要りませんとは言えないし、何より花に罪はないので受け取ることにした。

「ありがとうございます、王太子殿下。バラは好きなので嬉しいです」

一応、社交辞令としてお礼とカーテシーをする。

「王都にはしばらく滞在するんだよね？　今日はお話ができなくて残念だったから、ゆっくりお話をしたいと思うんだ。滞在中に会いに行ってもいいかな？」

来てほしくはないけれど、来るなとも言えない。

「我が家にいらっしゃる場合は、事前に連絡をいただけますか？」

作り笑いを浮かべて、アポイントなしで突然来るなと釘を刺しておく。

「もちろんだよ。またね。ジーク、リオ」

ケイトでいいと言ったのに、リオと呼んでいる。

さすがにイラっとしたが、何か嫌味を言って、不興を買うわけにはいかない。

『リオ、大丈夫か？　とりあえず王太子の小僧を殴っておくか？』

レオンが本当に殴りかねない怒気をはらんだ声で問いかけてくる。

『それはダメ！　レオン。大丈夫よ』

にっこりと笑顔をつくると、王太子殿下に可愛らしく首を傾げて微笑む。

「はい。ごきげんよう。リチャード王太子殿下」

王太子殿下のところを強調しておく。リックと呼べと言われたけれど、誰が呼ぶものですか！

敬称なら失礼ではない。私の精一杯の反抗心だ。

「本日は子供たちをご招待いただきまして、ありがとうございました。王太子殿下」

お父様が代表して挨拶をした後、家族全員で王族に対する最上級の礼をすると、馬車に乗り込む。

馬車が走り出して、窓の外を覗くと王太子殿下が笑顔で手を振っていた。前世の私なら喜んだろうが、今は怒りで顔が引きつっている。額には青筋が浮いているかもしれない。

「リオ、王太子殿下からバラの花束を贈っていただけるなんて嬉しかったでしょう？」

私が不機嫌な顔をしてバラの花束を見つめていると、お母様が笑顔で話しかけてくる。いや、嬉しくないから、お母様。

「ええ。いいジャムになりそうな素材だわ」

「いただいたばかりなのに、ジャムにしてしまうのかい？」

「まあ、お父様。まだこんなきれいに咲いているのに、ジャムにするわけがないわ」

お父様がほっとした顔になる。いきなりジャムにしたら、王太子殿下が我が家に来た時、ちゃんと飾っていますアピールができないものね。それに花に罪はない。でも私の部屋には飾らずに、エントランスに飾ってもらおう。

「ジーク、お茶会はどうだったのかしら？」

「王太子殿下と語り合いました。有意義な時間を過ごせましたよ。プライベートでは愛称で呼び合う許可もいただきました」

「そうか。王太子殿下は聡明な方だ。ジークとは話も合いそうだな」

皆さん、騙されないでください！　あの王太子殿下は将来、友人と言いながら、非情にもお兄様を断頭台送りにしたのですよ。

「リオは途中でクリスティーナ王女殿下と中座していたわね。どこに行っていたの？」

クリスが話題に出たことによって、私の不機嫌はすっかり吹き飛んだ。

「クリス……クリスティーナ王女殿下に温室に案内してもらって、お友達になってもらったの！それでね。温室ではいろいろお話をして楽しかったわ！」

「あら？　クリスティーナ王女殿下を愛称で呼べるくらい仲良くなったの？　良かったわね。王女殿下はリオと同じ年ですもの」

そういえば、クリスは何かタウンハウスに届けるって言っていたわね。

「あのね。後ほど王女殿下から、何か届くと思うの。王宮から使者が来たら、教えてくれる？」

ほおとお父様が感心した声を出す。

「王太子殿下だけではなくて、王女殿下からも贈り物があるのかい？　リオは余程、気に入られたのだね」

王太子殿下はどうでもいいけれど、クリスと出会えたのは嬉しかった。

いやいやだったけれど、王都に来てよかったと思えた。

タウンハウスに帰ってくると、気が緩んだのか力がどっと抜けた。

クリスとお話ししながら、軽食とお菓子をたくさん食べたので、晩餐はいらないと告げて、早々に自室へ戻る。王太子殿下にいただいたバラは、エントランスに飾ってねとタウンハウスを管理する執事に渡した。

「疲れた！」

ドレスを着たまま、ベッドに倒れこむようにダイブする。

「お嬢様。ドレスを脱がないとしわになってしまいますわ」

マリーに促されてベッドから起き上がると、ドレスを脱がしてもらう。部屋着に着替えてソファに座ると、脱力感に襲われたのでクッションにもたれかかる。

「今日はお疲れ様でした。お嬢様。気分が落ち着くように、カモミールティーを淹れてまいりますね」

ドレスと髪飾りを浄化魔法で新品同様にきれいに手入れしてから、ケースに納めるとマリーは私の部屋から退室した。

「頑張ったな、リオ」

今まで姿を消していたレオンが小さな獣の姿で現れると、労(ねぎら)いの言葉をかけてくれる。

「もふもふを補充！」

レオンを抱き上げると毛並みをもふもふする。一日一もふもふは欠かせない。一もふもふどころではないけれど……。ああ、癒される。

「存分にもふもふするが良い」

「今日はありがとう、レオン」

もふもふされるがままのレオンは首を傾げる。

「なんだ？　あらたまって」

「レオンがいてくれたから、勇気が出たの。クリスとも友達になれたわ」

尻尾がゆらゆら揺れる。

「リオは我の眷属だ。これからもずっと一緒だ」

「うん！」

レオンがいてくれれば、なんでもできる気がする。何も怖くない。

その夜は疲れたので、湯浴みの後、気を失うように寝てしまった。

翌日、午後になる少し前に王宮からの使者がタウンハウスに訪れた。

どうやらクリスが昨日届けると言っていた物らしい。執事にはお父様から話がいっていたようで、使者が訪れた時に自室まで呼びに来てくれた。

ちなみに両親はせっかく王都に来たからと、二人でデートに行ってしまった。お兄様は王都に親しいご友人がいるらしく、泊まりで遊びに行っている。

特に予定がない私は自室で本を読んでくつろいでいたのだ。

急いでエントランスに降りていくと、使者が包みを抱えて待っていてくれた。

私の姿を認めると一礼する。

「クリスティーナ王女殿下よりカトリオナ嬢への贈り物を預かってまいりました」

どうぞと私の目線に合わせて、膝を折り、包みを渡してくれた。

包みは本と同じくらいの大きさだ。

「ご苦労様でした。クリスティーナ王女殿下によろしくお伝えくださいませ」

「畏まりました。それでは失礼いたします」

扉から出る前に人懐っこい笑みを浮かべ、一礼すると馬車に乗り込んだ。

人の良さそうな使者だったな。クリスの従者かしら？

自室に戻り、ソファに座ると包みを開ける。

中身は封蝋に使用するシーリングスタンプと、いくつかの植物の種が入った袋と、温室の植物に関するレポートをまとめた手書きの本が入っていた。

手紙もあったので、封筒を開けるとクリスの直筆で文がしたためてあった。

『親愛なるカトリオナへ。昨日話していた検閲されない方法の道具を贈ります。見てのとおりシーリングスタンプなのだけれど、実は魔道具なの。試しに使ってみた結果、なぜか検閲されることなく宛先に届くのよ。便利でしょ？　自分で使うことはないと思っていたけれど、役に立ちそうでよかったわ』

「検閲されないシーリングスタンプ？　どういうこと？」

フレア様のブレスレットをつけて、鑑定をしてみると『検閲済みと認識されるシーリングスタンプ』という結果が出た。

「この魔道具には『認識変換』の魔法が使われているな。昔の魔道具職人が作ったもののようだ」

クリスからの手紙を、私の膝の上で一緒に読んでいたレオンが、より詳しく説明してくれる。

国情が落ち着いていない時代に、秘密の文書を届けるため、このシーリングスタンプを押して手紙のやり取りをしていたのだそうだ。

神様の眼ってすごいのね。作った年代や目的まで分かるなんて……。

手元の手紙に視線を落とすと、続きを読む。

『それと約束していた種とわたくしが育てた植物の記録を同封します。貴女の研究の役に立つことを願って。貴女の親友クリスティーナより』

思わずクリスの手紙を抱きしめてしまった。

手紙を一緒に読んでいたレオンと一緒にぎゅっとする。

「ありがとう、クリス」

前世と変わらない親友に感謝する。レオンは隙間からちょこんと顔を出すと、目を細めて笑う。

「良い友達ができたな」

「うん！」

クリスへお返事を書こう！　早速このシーリングスタンプを使ってみることにする。

しかし、王宮からの手紙はもう一通あったのだ。

クリスからの贈り物に気をとられていた私は使者が執事に渡していたもう一通の手紙には無関心だった。

「リチャード王太子殿下が明日我が家に来るそうだよ」

晩餐でお父様から聞いた言葉に凍り付いた。

「まあ大変！　急いでお迎えの準備をしなくてはいけませんわね」

お母様が慌てて、最高級の茶葉はあったかしら？　どんなお菓子を用意しましょうか？　と執事と相談をし始める。

「短時間の訪問だそうだから、構わなくてもいいそうだ」

「そうは言いましても、王族がいらっしゃるのですよ。ささやかでいて、最高のおもてなしをしなくてはなりません！」

ささやかでいて、最高ってどんなおもてなし？　と思うでしょう？

お母様はそういうことに長けているのだ。侯爵夫人としての采配は貴族の中でも評判がいい。

それにしても、連絡しろと釘は刺しておいたけれど、まさかこんなに早く来るとは思わなかった。

バラを贈ってきたり、わざわざ私に会いにくるということは、王太子殿下は私を婚約者候補として考えているのかもしれない。

魔法属性を変えたとしても、前世と同じ流れは変えられないのだろうか？

そうだとすれば、家族に前世のことを黙っておくのは、そろそろ限界だと思った。

「……あのね。お父様、お母様。いずれ話したいことがあるの。それまで待っていてくれる？」

「もちろんだよ。リオが話したいと思った時に話してくれればいい。それまで待つよ」

「リオ、貴女は私たちの大切な宝物よ。ジークもね」

本当に優しい家族だ。少しだけ涙ぐんでしまったら、レオンが涙をペロリとぬぐってくれた。

守らなければ！　私の大切な家族を……。

自室に戻ってから、レオンとマリーに決意したことを告げる。

「レオン。マリー。近いうちに家族に真実を話すわ。私が時を戻ってきたこと。未来に起こることを」

「それが良いであろうな。リオは我の眷属であるゆえ何があっても守るが、神が干渉できないこともある。人間同士でしか解決できないことがな」

マリーは膝を折ると、私の手をぎゅっと握ってくれる。

「その時は私もお手伝いいたしますと以前申しました。たとえ旦那様たちが信じなくても、納得するまで援護いたします」

「ありがとう。レオン、マリー」

二人の同意を得られてほっとする。

「さあ、お嬢様。明日に備えて寝支度をいたしましょう」

「そうね。明日はまた戦場になるもの！」

「王太子の小僧と戦をするわけではないだろう？」

ふうとため息を吐くと、腰に手を当てる。

「レオン。貴婦人が公の場に出るということは、戦場に行くようなものなのよ。数多の駆け引きをこなして、勝利を勝ち取るの！」

「ドレスは戦装束ですわね。明日は気合いを入れましょう！」

ふんとマリーが腕まくりをする。

「そういうものなのか？」

人間は理解し難いことをするものだなとレオンが眉を顰めていた。

王太子殿下が我が家を訪れてきたのは、翌日の午後だった。

到着時間はあらかじめ連絡があったので、朝早くからお茶菓子の用意をするため、料理人は忙しく動き回っていた。タウンハウスの料理人は料理長の直弟子で腕は確かだ。紅茶に使う茶葉は、今年春に摘まれたファーストフラッシュで、特に出来が良かったものをマリーが持参してきていた。

「この茶葉はお嬢様のために持参したもので、カスの王太子殿下に飲ませるためではありません！」

ブツブツと文句をいいつつも、渋々と提供してくれた。社交シーズンがとうに過ぎたタウンハウスには、もてなし用の茶葉が残っていなかったのだ。

家族好みの茶葉は、王都に来る前にこちらの執事が手配していたのだが……。長期滞在の予定ではなかったので、まさか賓客（ひんきゃく）が来るなど思いもしなかったのだろう。

「ようこそおいでくださいました。王太子殿下」

家族そろって、エントランスで王太子殿下を出迎える。

「堅苦しい挨拶は抜きで構わないよ。ああ、僕が贈ったバラを飾ってくれたのだね」

エントランスに飾ってあったバラを見て、王太子殿下がにこりと微笑む。

「大変美しいバラでしたので、皆にも見てもらいたくて、私がお願いしましたの」

どうして自室に飾っておかないのかと突っ込まれる前に、すかさずフォローをしておく。

「そうか。リオは優しいね」

「そうよ。リオは良い子なのよ。ごきげんよう、皆様」

王太子殿下の後ろからクリスティーナ王女殿下がひょっこりと顔を出す。クリスと私はどちらからともなく駆け寄り、手を取り合って微笑み合う。

「これはクリスティーナ王女殿下もご一緒でしたか？」

「どうしてもついていくと言ってきかなくてね。申し訳ない」

王太子殿下は困った顔で詫びをいれる。

よくぞクリスを連れてきてくれました。褒めて差し上げましょう！

「とんでもございません。ご兄妹でご訪問いただけるとは光栄でございます」

「ささやかではございますが、お茶会の場を設けさせていただきました。どうぞこちらに」

お父様とお母様が揃って、お茶会の場所へ先導する。

今日のお茶会は、庭が全体に見渡せるテラスで開くことにしたようだ。今の時期は爽やかな風と心地よい日差しがテラスにあたるため、もってこいの場所だ。庭はトマスの息子が手入れしているので、領の屋敷ほどではないが、見映えのよい景色を作り出している。

テラスまで歩いていく途中にクリスがこそっと耳打ちをしてきた。

「あれは受け取ってくれた？」

クリスが言うあれとはシーリングスタンプのことだ。私は頷く。

「便利なものをありがとう。お礼のお手紙を書いたのだけれど、貴女が王太子殿下と一緒に訪れてくれるとは思わなかったわ」

「お手紙はまだリオの手元にある？　あるのだったら受け取っていくわ」

シーリングスタンプの実験をしようと思ったのだけれど、まあいいか。

「まだ手元にあるわ。あとお返しの贈り物があるの」

「まあ。それは楽しみだわ。後でリオの部屋に行ってもいいかしら？」

クリスなら大歓迎だ。王太子殿下にまた部屋を見せてくれと言われたら、今度こそお断りするつもりだったけれどね。

「もちろんよ」

テラスには大きめの丸いテーブルに六人分の椅子が用意されている。座る順番は時計回りに王太子殿下、お兄様、私、クリス、お母様、お父様だ。クリスには王太子殿下の隣に座ってもらう予定だったのだが、どうしても私の隣がいいと言うので、こういう順番になったのだった。

王太子殿下は不満そうな顔をしていたが、私にとってはありがたいことだ。

執事と侍女数人がお菓子と紅茶のセットを運んでくる。マリーが一瞬だけジロっと王太子殿下を分からないように睨んでいた。マリー、変なものを王太子殿下に盛ってはダメよ。

フルーツをふんだんに使ったケーキを主役にスコーン、クッキー、マカロンが周りを彩っている。料理長のお弟子さんは頑張ったのね。

「この紅茶はファーストフラッシュね。この時期に『春摘み茶』が飲めるとは思わなかったわ」

クリスが紅茶を一口含むと大きな青い瞳を見開いた。

さすがはクリス。紅茶の銘柄を一発で当てる特技は子供の頃から発揮していたのね。

「しかもいい保存状態ね。管理していた方はすごいわね」

褒められたマリーは嬉しそうににこにことしている。この紅茶はマリーが私のために大切に管理していたものだ。マリーが褒められると私も嬉しい。

「このケーキも美味しいわ。ふふ。王都の人気店のものよりいい味ね」

「うん。フルーツがたっぷり使われていて美味いな」

王太子殿下も美味しそうにケーキを頬張っている。

「あら？　お兄様に味の違いが分かるの？　味オンチのくせに」

「な！　僕は味オンチではないぞ。クリスは本当に生意気だ」

王族といえども兄妹喧嘩は普通にするのね。

私とお兄様は仲良しでケンカをしたことはあまりない。というよりもお兄様が穏やかな性格なので、ケンカをしたところで「はいはい」と受け流されてしまいそうだ。

コホンと咳払いをすると、王太子殿下はお兄様に話しかける。

「ジークは魔法学院に入学するまでに師事する師匠は決めたのか？」

「ええ。目星はつけてあります。少しばかりくせのある方なので受けてもらえるかどうかは分かりませんが……」

ああ。あの人ね。『風の剣聖』と呼ばれる凄腕（すごうで）の方なのだが、ちょっと偏屈（へんくつ）なのが玉にきずなのだ。最終的に彼はお兄様を鍛えることになるのだけれどね。

「そうか。僕は魔法院から『火魔法』の師匠を迎えることになっている」

王族は魔法院の第一人者を師匠として迎え、学ぶのが通例だ。

「リオとクリスは二年後に魔法属性判定だね。今から楽しみだね」

くすりといたずらっぽくクリスが笑う。

「勿体（もったい）つけなくてもよろしいのよ、お兄様。お兄様は『鑑定眼』をお持ちではないの。わたくしを鑑定したように、リオの属性も鑑定して差し上げたらいかがかしら？」

うっと王太子殿下は口にしていた紅茶を吹き出しそうになる。

「王太子殿下は『鑑定眼』をお持ちなのですか？　それはすごいですね。娘の属性を鑑定してはいただけないでしょうか？」

お父様が身を乗り出す。そんなに楽しみなのですか？

「それは……魔法属性判定まで楽しみにしておいた方がいいと思います」

ここで王太子殿下に鑑定してもらって婚約フラグを折ることを思いつく。

「まあ！　王太子殿下は『鑑定眼』をお持ちですの？　それはぜひ鑑定していただきたいですわ」

「いや……だが……」

まだ迷っている王太子殿下に、これならどうだ！　と必殺技を使う。

「ダメですか？」

瞳は上目使いに、両手を合わせて口の前に持っていって、お願いポーズをする。

「……分かった。一回だけだからね」

よし！　必殺技成功！

じっと私を見つめると王太子殿下は鑑定し終わったのか、ふうとため息を吐く。

なぜか残念そうだ。

「リオの魔法属性は『植物魔法』だ。土属性の派生魔法だから魔法属性判定の時には、魔法属性判定玉がぼんやりとした茶色になるだろうな。判定官の鑑定が必要になるだろう」

「『植物魔法』ですか？　素敵です。私は最近植物に興味があるので、本格的に植物を育ててみようと思ったのです」

すでに魔法を使って、植物を育てていることは内緒だ。

王太子殿下自らの鑑定で『光魔法』ではないと証明できた。

これで婚約フラグが折れているといいのだけれどね。

「いいじゃない！　わたくしも『土魔法』属性なので、土いじりが好きなのよ。リオとは気が合いそうね。魔法学院に入学したら、一緒に研究をしたいわ！」

「嬉しいですわ。ぜひお願いいたします！」

クリスと私は手に手を取り合い、きゃあきゃあとはしゃいだ。

植物図鑑を見せるという口実でクリスと私はお茶会を中座して、自室へと向かった。

「ここが私の部屋よ。どうぞ」

クリスを自室に招くと、ソファでレオンが寝そべっていた。レオンには今日は王太子殿下と長い時間過ごすわけではないし大丈夫だから、姿を消してついてこなくてもいいと、部屋で待機してもらうことにしたのだ。

「きゃあ！　何？　この可愛いもふもふ⁉」

レオンの下に素早く駆け寄ると、クリスはレオンを抱き上げ、もふもふしまくっている。レオンはびくっと目を覚ますと、私に助けを求めるようにナァ～ンと鳴いた。クリスのレオンに対する扱いは神様に対して不敬かもしれないとひやひやする。だが、レオンは寛大な神様だ。この程度でクリスを罰したりはしないだろう。というわけで、諦めてレオン。クリスは動物が大好きなの。

「領で保護した聖獣よ。レオンというの。レオン、こちらはクリスティーナ王女殿下よ。私のお友達なの」

「よろしくね。ふわふわで可愛いわ！　ああ、癒される」

うん。癒されるよね。

「リオから感じた不思議な魔力はこの子のものなのね」

「む！　そういえば、お主は『探知』のスキル持ちだったな」

あ。レオンがしゃべった。しまったという顔をしたレオンだが、もう遅い。

「ええ！　人語をしゃべれるの？　このもふもふ君。ますます可愛い！」

ぎゅうぎゅうとさらに抱きしめるクリス。

「苦しいぞ。離さぬか、小娘」

「小娘ではなくてクリスよ。名前を呼ぶまで離してあげない。というか、離したくない」

離せ離さないの押し問答の末、レオンはクリスに抱かれている。クリスは満面の笑みだが、レオンは顔を顰めてむっつりとしていた。

「ところでもふもふ君。『探知』のスキルって何？　それに前から知っているような口ぶりだけれど、どうしてかしら？」

あ。レオンは王城でクリスを鑑定していたわね。鋭いクリスはレオンの口ぶりについても指摘した。なんとかごまかしてね、レオン。あと、『探知』のスキルについては、私も聞きたい。

「もふもふ君ではない！　レオンだ。先ほどお主を鑑定したのだ。自覚がないのか？　お主の兄『鑑定眼』と同じ身体強化のスキルだ。『鑑定眼』は人間の魔力を視覚で捉える。『探知』は触覚で捉えるのだ」

「そうなのね。でも魔力情報が分かるっていう点では『鑑定眼』の方が便利ね。ん？　どうしてもふもふ君はお兄様が『鑑定眼』持ちって知っているの？」

するどい指摘だわ。またもや墓穴を掘ったわね、レオン。

「そ、それは我が聖獣だからだ。我も『鑑定眼』を持っておる。前に王太子の小僧が領に訪ねてきた時に、こっそり鑑定したのだ。それともふもふ君ではなくレオンだ」

「聖獣にも『鑑定眼』を持っているものがいるのね。聖獣は謎が多いものね」

苦しいレオンの言い訳に、クリスはとりあえず納得してくれたようだ。

コンコンと扉がノックされる。

お茶を持ってきてくれたマリーがテーブルにセッティングしてくれた。

「クリス、彼女がファーストフラッシュを管理していたの。マリー、ご挨拶を」

すっとマリーは姿勢を正すと、カーテシーをする。

「カトリオナ様の専属侍女でマリーと申します。クリスティーナ王女殿下」

「貴女があの紅茶を管理していたのね。紅茶の茶葉、ましてやファーストフラッシュは初摘みの鮮度を保つのが大変なのに、見事だわ」

マリーが嬉しそうに頬を染める。

「恐れ入ります。王女殿下にお褒めにあずかり光栄でございます」

「バラの石鹸を考案したのも彼女なの」

まあと感嘆の声をあげると、手で口を覆う。片手はレオンを抱えたまま離さない。

「優秀な侍女なのね。マリーはこのもふもふ君が人語を話すのは知っているの？」

「はい。存じ上げております。レオン様はお一人の時、よく独り言を呟いていらっしゃいますので、偶然聞いてしまったのです。うっかりさんですよね」

ふふふとレオンを微笑ましく見るマリーは少し手がわきわきしている。もふりたくなったのね。

「クリス。マリー以外はレオンが人語を話せることを言っていないの。そのうち話すつもりではいるけれど、それまで黙っていてくれる？」

「もちろんよ。そうだわ！　王宮に来る時は連れていらっしゃいな」

クリスの意外な申し出に驚く。

「でも、聖獣といえども獣は連れて行ってはいけないのではないの？」

「お父様に頼んで許可証を発行してもらうわ。これだけ知能が高い聖獣ならいたずらしないでしょう？」

本当は神様ですからね。ただ、王太子殿下にいたずらしそうで怖いのだけれど。

「ふっ。良いことを言うではないか。王女の小娘は見どころがある。もふるのを許可してやろう」

もう、さんざんもふっているけれどね。

「王女の小娘ではなくてクリスよ」

レオンの両頬をビローンとする。

クリスのことだから、レオンが神様と分かっても同じことしそうね。

「そうそう。お手紙を書いてくれたのでしょう？　受け取っていくわ」

「ええ。ちょっと待っていてね」

私は居間とつながっている寝室に入ると、昨日クリス宛にしたためた手紙と贈り物を取りに行く。ベッドの隣にある机の上に置いてあるので、手に取ると居間へ戻った。

「お待たせ。これをどうぞ」

ローラから習ったラッピングで、可愛く包んだ贈り物と手紙をクリスに渡す。

「ありがとう。中身は何かしら？」

「開けてのお楽しみと言いたいところだけれど……種明かしをすると最近開発したばかりの石鹸セットなの」

ローラとマリーと三人で新しく開発した、髪を洗う石鹸と、洗髪の後に髪になじませる香油、そして体を洗う石鹸のセットだ。液状にして使いやすくしたものを、王都に来る途中に購入した『防腐』付与つきの瓶に入れてみた。自分の研究用はまた帰りに買っていく予定だ。

「嬉しい！　開けてみてもいいかしら？」

「どうぞ。好みの匂いだといいのだけれど……」

クリスは包みを開けると、瓶のふたを開けて匂いを確かめる。

「わあ！　すごくいい香りね。フルーツの匂いと花の匂いがするわ。材料は何を使っているの？」

「花とフルーツから汁を抽出して精製したものを、ブレンドしたのよ。フルーツは桃で花はバラと数種の花よ」

今まで様々の花と果物、ハーブを使っていろいろブレンドして研究をしてみた。中にはすごい匂いを放つ代物から無難な匂いのものまで、たくさん作りだしたのだ。一番気に入った匂いのものを石鹸セットにして持ってきたのだが、予備にもう一セット持ってきておいて良かった。

「洗髪用の石鹸と髪の香油は同じ匂いにしたの。匂いが混じるといやでしょう？」

「そうね。変な匂いになってしまうと、香水でごまかさないといけないものね」

「私の髪で実験済みだから安心して使ってね。瓶は『防腐』付与の魔道具だから、日持ちすると思うわ」

クリスはレオンを抱えたまま立ち上がると、私の後ろに来た。どうかしたのかしら？　と声をかけようとしたら、クリスは私の髪を一房(ひとふさ)手に掬うと、くんくんと匂いを嗅いだ。

「いい匂いね。リオの髪は白銀だから、日の光の下で見ると輝いてきれいなのよね。手触りがいいし、艶があってさらさらだし、いいわね」

「クリスの金髪だってきれいよ。その石鹸を使ったら、もっときれいになるわ。それと、もう一つプレゼントするわ。マリー、あれを持ってきてくれる？」

察しのいいマリーは「あれですね」と部屋を出ていき、すぐにブラシを持って戻ってきた。

「よかったらこのブラシを使って髪を梳(と)かしてみて。髪がさらさらになるブラシなの」

新品のブラシに『浄化魔法』を付与しただけのものだけれどね。

「グランドール侯爵夫人がお母様に贈ったブラシね。お母様が髪が艶やかになったと自慢していて、欲しいと思っていたのよ」

お母様、いつの間に！　そういえば、社交シーズンに何本かブラシを持っていったわ。ご友人たちに差し上げるのかと思っていたけれど、王妃様にも献上していたのね。

そういえば、お母様と王妃様も友人同士だった。

クリスと二人きりでお茶会をするのも楽しいのだけれど、そろそろ戻らないといけないので、自室を出る。クリスは退室するまで、名残惜しそうにレオンを見ていた。

扉を閉める寸前、レオンがほっとした表情をしていたのが目の端に映る。

ずっとクリスにもふもふされていたから、疲れたのだと思う。

今日はもふもふを控えてあげようと思ったけれど、一日一もふもふは欠かせない。

「リオは王都に滞在中はどう過ごすの？」

「王立図書館に行きたいと思っているの。でも、両親は王都を去るまで、ご友人のところに挨拶回りに行くのだろうし、お兄様と私では子供だから保護者なしでは入れないし、どうしようかと迷っているの」

レオンが教えてくれないので、独自でマリオンさんのことを調べていた。しかし、調べてもマリオンさんに関する詳しい文献はなく、よく分からなかったのだ。

レオンとマリオンさんは何かしらの接点があるはず。どうしても知りたい！

「それならうってつけの保護者がいるわよ。わたくしも行きたいから一緒に行きましょう。保護者に話をつけるから、日時は後ほど連絡するわ」

「え？　いいの？　お言葉に甘えてご一緒させていただくわ」

思ってもみなかったクリスの誘いにのることにした。これで王立図書館に行ける！

それにしても、うってつけの保護者って誰かしら？　まさか国王陛下や王妃殿下ではないわよね？

閑話　王太子の思惑

僕、リチャード・アレン・ヴィン・フィンダリアは十歳になった。

ついに魔法属性判定の年を迎えたのだ。

明日は待ちに待った魔法属性判定の日だ。その後は魔法属性判定を迎えた貴族の子息令嬢を招いて、王宮でお茶会を開く。招待状はあらかじめ出しておいた。

グランドール侯爵家の兄妹もお茶会に招いた。まだ十歳になっていないカトリオナも招待したので、僕の妹クリスティーナも参加させる。妹のクリスはカトリオナと同じ年だ。同じ年頃の子供がいれば、カトリオナも気兼ねしなくていいだろう。

クリスは同父母の妹だが、こいつが生意気なのだ。小さな頃は「お兄様と一緒にお勉強をしたいの」と言って、僕の後をついて回って可愛かったのに。いつの頃からかクリスの方が秀でた才能を開花させたのだ。勉学も魔力も……。

僕は『鑑定眼』を持っているので、クリスを鑑定すると「魔法属性：土・風」という結果が出た。僕と同じで二属性の魔力を持っているのだな。クリスに鑑定結果を教えてやる。

「お前には土いじりがお似合いだ」

少しからかってみる。泣くかな？　と思いきや、にこりとクリスは微笑んだ。

「それはよかったわ。わたくし最近土いじりが好きなのよ。遠い東の国から献上された植物を育て始めたの。土属性の魔法が使えるのなら、植物がよく育つわ。教えてくれてありがとう。お兄様」

皮肉を言ったつもりなのに、お礼を言われるとは思ってもみなかった。

遠い東の国から献上されたっていうのは、何の植物か分からない種だよな。

薬学に秀でた国らしいけれど、変な植物だったらどうする気だろう？

魔法属性判定の日、僕の名前は一番に呼ばれた。

魔法判定玉に手をかざし、魔力を通すと火属性の赤と風属性の青の二色が現れる。特に火属性の赤は燃えあがるように一際、鮮やかに輝いていた。自分の属性は知っていたが、火属性の方が強かったのか。

ちらっとグランドール侯爵家のバルコニー席を見ると、カトリオナが拍手をしてくれていた。半年前に出会った時よりきれいになったようだ。女の子は成長が早いらしい。

僕の次はグランドール侯爵家の嫡男ジークフリートだった。彼は強力な風属性だな。魔法判定玉が鮮やかな青に輝いていた。将来は魔法院か騎士団入りができそうだ。

後の魔法属性判定も一通り見たが、やはり『光魔法』を持つ令嬢はいなかった。今年もはずれか……。

王宮のお茶会の席は妹クリスとグランドール侯爵家の兄妹と一緒にしてもらった。

カトリオナは緊張しているのか下を向いていたので、挨拶は兄のジークフリートとかわした。

今日のカトリオナは白銀の髪が輝いて、可愛いデザインの青いドレスがよく似合っている。にこりと僕が微笑むと、陶磁器のような白い顔が青くなっていた。緊張しているのか？　可愛いな。

彼女が『光魔法』を持つ令嬢だといいなと思っている。

試しにカトリオナを鑑定してみると「魔法属性：土属性の植物魔法」という結果が出た。

半年前と変わっていない。残念だ。

この先『光魔法』を持つ令嬢が現れなかったら、彼女を婚約者候補として考えようか。

名門侯爵家の令嬢だし、宰相の姪でもある。家柄は申し分ない。

それはそうと、グランドール侯爵家の兄妹とは、この先仲良くしておきたい。

「堅苦しいから、僕のことはリックと呼んでほしいな。ジークフリートのことは、ジークと呼んでいいかな？」

「もちろんです。それでは殿下のことは公の場以外では、お名前で呼ばせていただきます」

愛称で呼び合うことを提案する。ジークは快く承諾してくれた。

「うん。カトリオナのことはリオって呼んでもいいかな？」

あれ？　カトリオナは迷っているみたいだ。もしかして愛称で呼ばれるのが嫌なのかな？

「お兄様。あまり無理を言ってはいけませんわ。カトリオナ嬢が困っています」

もう一押しと言葉を発しようとすると、クリスが制止する。

「ひどいな、クリス。名前を愛称で呼んでもいいか聞いているだけだよ」

「王族が同意を求めるという意味の重さがお分かりになりませんか？」

王太子の僕にそれを問うのか？　確かに王族が同意を求めるということは、臣下には重いのだろうが……。

「あ……あの！　ケイトはいかがでしょうか？　私のカトリオナという名前の綴りは、ケイトリンとも読めるのです」

カトリオナが戸惑いながら、提案をしてきた。

必死な様子が可愛くて、庇護欲をそそられる。ケイトもいいけれど、僕はリオと呼びたい。

突然、クリスが立ち上がるとリオをお茶会の席から連れ出してしまった。

あいつめ。後で覚えていろ。

僕はリオと話せない寂しさを隠して、ジークと歓談した。

帰り際には用意していたバラの花束をリオに贈ろう。

グランドール侯爵家の馬車が出発する前に、リオにバラの花束を渡すと、バラは好きだから嬉しいと言ってくれた。残念ながら、僕のことを愛称で呼んでくれなかったけれど……。

よし！　明後日はグランドール侯爵家のタウンハウスを訪れることにしよう。今度こそリオとたくさん話をするんだ。と思ったのに、クリスもれなくグランドール侯爵家のタウンハウス訪問についてきた。

「お兄様ばかりずるいわ！　わたくしもリオとお話ししたいわ。同じ年のお友達は初めてなの」

押し切られて、仕方なく連れてきた。クリスとリオの話に、僕も割り込めばいいことだ。

グランドール侯爵家のエントランスに入ると家族総出で出迎えてくれた。

正面には僕が贈ったバラが飾られている。リオは自室に飾らなかったのか。

「大変美しいバラでしたので、皆にも見てもらいたくて、私がお願いしましたの」

そうだったのか。リオは優しいな。

ささやかなお茶会の場を設けてくれたので、素直に受けることにする。

グランドール侯爵夫人の采配は趣味がいいと社交界では評判だ。

案内されたテラスは、庭が見渡せる爽やかな風と温かい日差しがあたる気持ちのいいところだった。

用意された紅茶とお菓子も美味しい。

クリスには味オンチとバカにされたが、美味しいことくらいは分かる。

二年後のクリスとリオの魔法属性判定の時が楽しみだと告げたら、クリスが余計なことを言い出した。

「勿体をつけなくてもよろしいのよ、お兄様。お兄様は『鑑定眼』をお持ちではないの。わたくしを鑑定したように、リオの属性も鑑定して差し上げたらいかがかしら?」

思わず紅茶を吹き出しそうになる。

「王太子殿下は『鑑定眼』をお持ちなのですか? それはすごいですね。娘の属性を鑑定してはいただけないでしょうか?」

グランドール侯爵まで期待の眼差しで僕を見てくる。

「それは……魔法属性判定まで楽しみにしておいた方がいいと思います」

ここで鑑定をしてしまったら、楽しみがなくなるだろう。それに二年後には魔法属性が変わるかもしれない。稀だけれど、そういうケースもあるのだ。

「まあ！　王太子殿下は『鑑定眼』をお持ちですの？　それはぜひ鑑定していただきたいですわ」

リオにもお願いをされるが、ここは断らないと……。

「いや……だが……」

「ダメですか？」

うっ！　リオのお願いポーズが可愛い。これは断れないではないか！

「……分かった。一回だけだからね」

じっとリオを見つめる。やはり鑑定結果は「魔法属性：土属性の『植物魔法』」だった。リオに告げるとがっかりするだろうと思いきや、最近植物に興味が出たので嬉しいという。

そうか。嬉しいのか。クリスも自分が土属性の魔力持ちだから、魔法学院に入学したら一緒に研究したいと言い出す。

その研究とやらに僕も入れてもらおうか。今から植物の勉強でもしておくか……。

その後、二人は中座してリオの部屋に行ってしまった。ずるいぞ、クリス！　僕もリオの部屋に行きたかった。紳士として失格かもしれないが……。

僕はリオに惹かれている。認めざるを得ない。『光魔法』を持つ令嬢が現れなければいいと思った。そうすれば、リオを婚約者にできる。或いは、彼女の魔法属性が『光魔法』に変わればいいとも思った。そうしたら、すぐにでも婚約を申し込もう。

第四章

クリスから王立図書館に行く日時の連絡があった。

明日午前中にタウンハウスに迎えにくるという。

早く王立図書館に行きたくて、気持ちは急いていたが、今日はレオンとマリーと約束していた三人デートを楽しむことにした。

せっかく王都に来たのだ。

いろいろ買い物をしたり、クリスのおすすめのカフェでお茶をしたりしたい。

「お前は貴族の娘なのに、ふらふら街に出かけすぎではないか？」

「社交デビューしたら、あまり自由がきかなくなるもの。今のうちにいろいろ見識を広めておきたいわ」

王都は治安が悪いところに行かなければ、比較的安全だし、貴族は十五歳になったら、社交界デビューをする。社交界に出ると必然的に、王宮舞踏会や夜会に出席しなければならない。社交シーズンは予定が詰まってしまうだろうから、こうして街に出かける時間はないだろう。

レオンには子供の姿になってもらっている。もちろんメガネをつけてもらって。オッドアイのレオンの目は目立つものね。

「今日は何をお求めになられるのですか？　お嬢様」

「マリー、出かけている間はリオでいいわ」

以前、マリーの子供時代の服を何着か譲り受けたので、今日の私は町娘スタイルだ。

「クリスにもらったシーリングスタンプに使う蝋と報告用に使う用紙が欲しいの。あとローラへのお土産を買いたいわ」

「シーリングワックスでしたら、旦那様か奥様に分けていただけるのではないですか？」

「そうだけど、自分だけのオリジナルの封蝋が使いたいの」

封蝋は赤や暗めの色が一般的だが、他にもいろいろ種類がある。

私はオリジナリティを出すためにマーブル模様にしようと思っている。

街を散策しながら、ウィンドウを覗いていくと可愛い筆記具や便せんを売っている店が目に入る。

「ここに入ってみましょう」

「可愛いものがたくさんありますね。お嬢さ……リオが好きそうなお店ですね」

お嬢様と言いかけて、呼びにくそうにリオと言い直したマリーだ。慣れないだろうけれど、頑張ってね。

むしろマリーになら、普段から愛称で呼んでもらっても構わないのだけれど、執事長からしっかりしつけされているから無理だろうな。

店には可愛い模様が描かれたペン軸やきれいな色の便せんが、いろいろと陳列されている。

「せっかくだから、新しいペン軸や便せんを買っていこうかしら？」

目を惹かれたのは、青い鳥がピンクのバラを咥えた絵が描かれたペン軸だ。これは購入決定だな。あとは便せんを数種類と、報告用の用紙は普通の白い便せんでいいよね。

目的の封蝋は二十四色セットがあったので、それを購入することにした。

ローラへのお土産に何かないかな？　と店内を物色していたら、赤いバラが描かれたきれいなペン軸とペン先のセットが目に入る。

大輪のバラのようなローラにピッタリだと思ったので、お土産用にそのセットを購入することにした。

お金はマリーに払ってもらう。全部で銀貨二枚だった。正確には銀貨二枚と銅貨三枚だったのだけれど、たくさん買ってくれたからとまけてくれた。意外と安価だ。

「いい買い物だったわ。可愛くて値段もお手頃で品質もそんなに悪くないわね」

「お嬢……リオは貴族のご令嬢なのに意外と倹約家ですよね。グランドール侯爵家は資産家でいらっしゃいますのに」

「よいではないか。倹約家というのは無駄な出費を抑えるのに長けている。自ら情報を集めることによって見識も広がる。情報収集能力の向上にも役に立つぞ」

情報収集能力と言えば、思い出したことがある。

前世のフィンダリア王国で過去に例のない不作に見舞われた年があった。民たちに充分な食物が行きわたらず、危機に陥ったことがある。そこで今後このような事態に備えて、穀物や保存の利く食物を国で備蓄してはどうかと提案したのがクリスだった。

彼女は各領の穀物の取れ高の情報を集め、備蓄用の穀物を国に収めるよう、領主に呼びかけた。王女派の派閥の貴族が多かったこともあり、見事にクリスの策は成功したのだ。

ちなみに我がグランドール侯爵家は穀物の取れ高が国内一高く、かなり貢献できた。

情報を整理するのに、私もクリスのお手伝いをした。彼女の手腕を目の当たりにして、王太子殿下よりもクリスの方が王の器があるのではないかと思ったものだ。

王太子殿下はというと、国がそのような状態にもかかわらず、シャルロッテに高額な贈り物をしていた。幾度となく諫めたのだが、「嫉妬か？」と聞く耳を持ってもらえなかったのだ。

「前にも言ったのだけれど、万が一を考えるとあまり贅沢はできないわ」

「カス王太子殿下自らおじょ……リオを鑑定して魔法属性が『光魔法』ではないと確認したではありませんか。万が一はあり得ませんよ」

そうよね。あれで婚約フラグは折れているはずだもの。大丈夫なのかもしれない。

しばらく黙っていたレオンが首を傾げる。メガネ越しでも眉間に皺がよっているのが分かる。

「それはどうかな？」

「どういうこと？　レオン」

「油断はせぬことだ。リオが王太子の小僧の婚約者に選ばれる可能性が完全に消えたわけではない」

ええ⁉　魔法属性が『光魔法』じゃないって証明できたのに、婚約フラグがまだ立っているというの？

「王太子妃というのは『光魔法』の属性ではないとなれぬものなのか？」

「いいえ。現王妃殿下は水、風、土の三属性の魔法を使えるので、国王陛下に見初められて妃に選ばれたと聞いているわ」

ふむとレオンは腕を組む。

「つまり『光魔法』の属性でなくとも、王太子妃になれる可能性があるということか」

「でも、私は『植物魔法』だけよ。世間的には土いじりしかできないと思われているわ」

正確には『創造魔法』とセカンド・マナで『神聖魔法』も使えるけれどね。

「それにシャルロッテはダーク様のお話によると、今は『無属性』だそうだけれど、前世で彼女は十五歳で『光魔法』が使えるようになったのよ」

「だが、フレアはその娘に『光魔法』を授ける気はないらしい。つまり『光魔法』を使える者はリオ以外いないということになる」

「セカンド・マナは人間には鑑定不可能なのでしょう？　それに貴族以外にも『光魔法』を使える者がいれば、貴族の養女にしてでも王太子妃にしようとするはずよ」

貴族のご令嬢に『光魔法』が使える者がいなくても、庶民の中に『光魔法』または『闇魔法』が使える者がいれば、国はその娘を貴族の養女にして王太子妃に迎えようとするはずだ。

過去にもそういう事例があったので、それだけ国が光属性と闇属性を持つ希少な人間を重要視しているということだ。

「現れなかったとすればどうだ？　リオは名門侯爵家の令嬢で、現宰相の姪だ。王太子の小僧の婚約者になるには充分な資格があるだろう？」

「それは……私を婚約者候補として王太子殿下が考えているということ？」

「そういう可能性もあるということだ」

これはやっぱり逃亡計画を練るか、修道院行きを考える必要があるわね。思案しているとレオンに頭を撫でられる。

「そのような顔をするな。婚約回避の道などいくらでもある。それに王太子の小僧にリオを渡すくらいなら我が……」

「レオンが？　何？」

ふいとレオンは顔を逸らす。耳が赤い気がする。

「……なんでもない。カフェとやらに行くのだろう？　休憩をしよう」

「……うん」

レオンは何を言おうとしたのかしら？　気になるな。

クリスおすすめのカフェは「マカロンタワー」が有名だそうだ。「マカロンタワー」とは色とりどりのマカロンを積み上げて、きれいにデコレーションしたものだ。

残ったマカロンはテイクアウトできるので、食べ残しても大丈夫だそうだ。紅茶の種類も豊富で美味しいらしい。

メニューを見るとマカロンタワーが絵で描かれている。イラストを見るだけでも美味しそうだ。ケーキや紅茶の種類もたくさんあった。

「どれにしようかしら？　迷うわね」

「マカロンタワーは全部食べ切れなくてもよろしいのですよね？　量がありそうですので、マカロンタワーは一つだけ注文しましょう」

「我は一人でも食べきれるぞ」

確かにレオンは食いしん坊さんだから、ペロリと食べきれそう。

私はメロンをたっぷり使ったケーキと、紅茶はアッサムをチョイスしてミルクティーにしてもらった。アッサムはこくが強い紅茶なのでミルクティーにして飲むと美味しいのだ。

お待ちかねの「マカロンタワー」が運ばれてきた。パステルカラーの美味しそうなマカロンがきれいな配色でタワー状に盛られ、ところどころにバラの形をしたお菓子が飾られている。

「見た目がすごくきれいだわ」

「マカロンもどれも美味しそうですね」

「このマカロンはどうやってタワーになっておるのだ？」

崩すのはもったいないのだが、どうやってマカロンが積まれているのか気になる。三人とも興味津々だ。まずは上からマカロンを取り皿に乗せると、タワーの芯を見てみる。

円錐（えんすい）の長い芯に生クリームが塗ってある。なるほど！　これにマカロンを貼りつけているのか。隙間にはバラのシュガーアートを飾って彩ってあるのだ。三人とも納得したように深く頷く。

「これを考えた人はすごいわね」

「今度、作ってみたいですね」

レオンは黙々とマカロンとケーキを食べ始めている。構造が分かって満足したようだ。

私とマリーもいただくことにする。マカロンとケーキを味わいながら、飲む紅茶は最高だ。

結局、マカロンはテイクアウトするまでもなく、食べつくしてしまった。

マカロンの半分以上はレオンが食べたのだが……。

買い物も終えたし、美味しいお菓子も堪能したので、腹ごなしに歩きながら帰路についている。

「おじ……リオ。あれが『サンドリヨン』の王都店ですわ」

結局、最後までマリーは私を名前で呼ぶことに、ためらいがあったようだ。

だんだんお嬢様と呼ぶ文字数は、少なくなっているけれどね。

マリーが指差した店を見ると、確かに領にある『サンドリヨン』の店舗と外装が似ている。

「少し寄って行ってみましょうか？」

「そうですわね。王都限定品があるかもしれません」

王都限定品があるとしたら、どんなものかしら？　ワクワクしながら店に向かって歩いていく。

だが、『サンドリヨン』に入って行こうとしている人物を見て足を止める。見覚えのある人物が目に入ったからだ。見た目は幼いが、忘れようとしても忘れられない風貌。

キャンベル男爵家の令嬢であるシャルロッテだった。

亜麻色の髪に茶色の瞳の愛くるしい顔立ちのシャルロッテは、前世で私を陥れ、王太子殿下の婚約者の座から追いやった張本人だ。

処刑台から見た彼女の顔が忘れられない。

王太子殿下の陰に隠れて、愛くるしい顔を醜く歪め、嘲りの笑みを浮かべていたあの顔を……。

遠目からでも魔法属性が鑑定できるフレア様のブレスレットでシャルロッテを見ると『無属性（∞）』という鑑定結果が出た。

やはり『無属性』なのね。隣の（∞）って何かしら？

一瞬だけシャルロッテが隣の父であるキャンベル男爵を横目で見た。微笑みが歪んで見える。それを見た私は背が寒くなるのを感じた。あれは子供が浮かべる無邪気な笑顔ではない。

「どうかされましたか？」

「気分でも悪いのか？　顔色が悪いぞ」

急に足を止めた私をレオンとマリーが、心配そうに見つめている。

「……シャルロッテ」

「え？」

「今……『サンドリヨン』に……入って行った人……シャルロッテなの」

「何だと⁉」

その後は『サンドリヨン』には行かず、タウンハウスへ帰ってきた。

レオンとマリーが言うには、今にも倒れてしまいそうな様子だったらしい。マリーが『サンドリヨン』とは反対側の街道で辻馬車を見つけ、急いで連れ帰ってきてくれたのだ。

ひとまずエントランスにある椅子に座らされた私の前に湯気が立ったカップが差し出される。

「さあ、お嬢様。ハーブティーを召し上がってくださいませ。気分が落ち着きますよ」

「……ありがとう、マリー。心配かけてごめんなさい。レオンもありがとう」

ハーブティーを一口飲むと少しほっとした。

「礼には及ばぬ。我らはリオが大切なのだ。当たり前のことをしたまでだ」

私の横に寄り添ってくれているレオンを撫でた。もふもふに癒される。

「それにしてもあれが私のお嬢様を陥れた張本人なのですね。たいしたことありませんね。お嬢様の方が何倍も可愛らしいです」

力説するマリーがおかしくて、クスっと笑う。

「お嬢様がやっと笑ってくださいましたわ」

きゃっと飛び跳ねるマリー。仕草が可愛すぎる。

「リオ……つらいかもしれぬが話せ。我はあの小娘の名前とリオを陥れた人間ということしか知らぬ」

「つらいことは吐き出してしまうと楽になりますよ」

気分もだいぶ落ち着いてきた。

二人に魔法学院時代から処刑されるまでの経緯を話す覚悟を決める。

「長い話になるわ。私の部屋まで戻りましょう」

こくりと頷くとマリーは私を立ち上がらせようと手を差し出す。

立ち上がりかけた時にエントランスの呼び鈴が鳴る。

もう一度私を椅子に座らせると、マリーは扉に近づく。

「頼もう！」

勢いよく扉が開いて、黒い髪と瞳の長身の青年が現れた。

青年の姿を見た私は目を見開く。魔法院直轄領で助けてくれた男の人だ。

そして私はこの青年とは前世でも会ったことがある。

「こちらにジークフリート・ユーリ・グランドールはいるか？」

「貴方は魔法院直轄領で私たちを助けてくれた方ですね。あの時は助けていただき、ありがとうございました」

まだ支えなしで立つことのできない私に代わって、マリーがお礼をしてくれる。

「ああ。あの時のお嬢ちゃんたちか。俺は桐十院彦獅朗という。こちらの子息に弟子入りしたいと請われてな。訪ねてきた」

やはり『風の剣聖』トージューローだった。

ちなみにヒノシマ国の名前は呼びにくいので、私はトージューローと呼んでいたのだ。

「何⁉　お主はヒノシマ国の桐十院家の者か？」

レオンが人語を話しているのを見たトージューローさんがレオンを指差して固まっている。

「にゃんこが……しゃべった？」

混乱しているトージューローさんがやっと言葉を発した。

レオンは素知らぬ顔でナァ～ンと鳴く。いやいや。ごまかせてないからね。

「我が国では白い獣は聖獣として保護する決まりがありまして、中には人の言葉を話せる聖獣がいるのです。このレオンも人語が話せます」

「この国はにゃんこがしゃべるのか？　すげえな」

私の説明に納得したのか、混乱が解けたらしいトージューローさんが、じっとレオンを見つめている。

「それはそうと、にゃんこはなぜ桐十院家を知っているんだ？」

「わ、我は聖獣だからな。見識が広いのだ」

疑わし気だが「ふ～ん」とレオンの苦しい言い訳に頷いているトージューローさんだ。

「お嬢ちゃんは、この家の娘か？」

トージューローさんは私に視線を移す。

私はマリーに支えてもらいながら、椅子から立ち上がるとカーテシーをする。

「カトリオナ・ユリエ・グランドールと申します。ジークフリートの妹です。その節は助けていただき、ありがとうございました。兄に御用があるのですね？　マリー、お客様をお兄様のお部屋に案内して差し上げて」

「畏まりました。ジークフリート様のお部屋までご案内いたします」

マリーに案内されながら階段の踊り場まで登ったトージューローさんは、立ち止まり振り返るとレオンを見つめて、ふっと不敵に笑いを浮かべる。

レオンも答えるようにじっとトージューローさんを見つめていた。

トージューローさんを案内し、呈茶（ていちゃ）が終わったマリーは私の部屋の扉をノックし、入室の許可を求める。私は自ら扉を開けると、マリーを部屋に誘い、ソファに座るように促す。

そして、私は二人に語り始めた。

◇◇◇

前世の魔法学院時代まで話は遡る。

十三歳で魔法学院に入学した私は王都のタウンハウスから学院に通っていた。

魔法学院は四年制だ。庶民から王侯貴族まで広く門が開かれている。

学院はタウンハウスから近かったので、お兄様と毎日歩いて通ったのだ。

学院内では常にクリスと数人の仲が良いご令嬢と行動をともにしていた。

クリスと私は特進と呼ばれるSクラスで四年間同じクラスだったのだ。

Sクラスは私のように『光魔法』という特殊な魔法を使える者や、クリスのように二属性以上の魔法を使える者を集めたいわゆるエリートクラスだった。

シャルロッテは『無属性』なので、Bクラスだった。

Bクラスは魔力が弱い者や『無属性』の者が入るクラスだ。

魔法学院は実力重視なので、途中で魔力がアップしたり、魔法属性が現れた場合はクラス替えされるシステムになっている。

私はクラスが違うので、シャルロッテのことをよく知らなかった。

彼女は『無属性』ということで、格上の貴族令嬢たちからよく嫌がらせをされていたようだ。

嫌がらせからシャルロッテを庇っていたのが、王太子殿下だ。

王太子殿下と親しかったお兄様は、彼と行動をともにしていた。これはお兄様から聞いた話なのだが、ある日、中庭の見えにくい木陰で泣いているシャルロッテを見つけたそうだ。事情を聴くと数人の貴族令嬢から嫌がらせを受けていて、こっそりと木陰で泣いていたとのことだった。

それからシャルロッテが嫌がらせを受ける度に王太子殿下は、嫌がらせをした令嬢たちを厳しく注意していたそうだ。自然と王太子殿下とシャルロッテの距離は縮まり、行動をともにするようになった。

お兄様は私のことを思って「婚約者がいるのにまずいのでは？」と諫めたそうだが、「弱い者を助けるのは王族の務めだ」と耳を貸さなかったらしい。

当時の私は学年が違うこともあり、学院内で王太子殿下と行動をともにすることはなかったので、特に気にはならなかった。

週末には王宮へ登城して、妃教育の後、王太子殿下とお茶をする。婚約者と言っても接点はその程度だ。ただ、王太子殿下の将来を語る時に輝く青い瞳は好きだった。

王太子殿下の親しい友人たちもシャルロッテの庇護欲をそそる愛くるしさに、彼女をちやほやとするようになった。

そして十五歳になった時、ついにシャルロッテに魔法属性が現れた。

私と同じ『光魔法』だ。魔法属性判定玉を使って判定すると金色に輝いたとのことだった。

シャルロッテの魔法属性判定に立ち会ったお兄様曰く、私と比べると金色の光は小さかったそうだ。

シャルロッテは十五歳の誕生日に光の神自らが自分の前に現れ、魔法を授けてくれたのだと語っていた。

神自ら魔法を授けるのはなかなかないことだ。皆シャルロッテを特別視するようになる。

当然、シャルロッテはSクラスにクラス替えされ、三年生から二年間彼女と同じクラスで過ごすことになる。

これが断頭台への道を辿る第一歩だとは思いもしなかった。

そこまで語ったところでレオンが苦々しい顔をすると、不機嫌そうに口を開く。

「神自ら魔法を授けるのは、リオのように魂が美しい人間か、マリーのように神に気に入られた人間のみだ。あのシャルロッテとかいう小娘の魂は濁っている。フレアがいかに阿呆(あほう)でも、あのような魂を持った人間に魔法を授けるわけがなかろう」

フレア様を阿呆って……。フレア様は可愛い神様だと思うけどな。

「シャルロッテが嘘をついたということ？」

「十中八九嘘だ。ただ『光魔法』を手に入れた経緯が分からぬ」

フレア様が自ら授けたのではないとすると、シャルロッテはどうやって『光魔法』を手に入れたのかしら？

「シャルロッテの『光魔法』はその……たいした威力ではなかったけれど、確かに光属性だったわ」

「ろうそくの灯火（ともしび）くらいの光しか出せない程度ではないのですか？」

黙って聞いていたマリーが口を開く。貼り付けた笑みが黒い。これは静かに怒っているわね。

「リオ。前世の話は語っていてつらいか？」

レオンがすっと膝に手を置く。気を使ってくれているのね。その仕草は可愛い。レオンの手をとると肉球をぷにぷにする。ああ、癒される。

「心配してくれているのね。ありがとう。でも、大丈夫よ。レオンとマリーにはぜひ聞いてほしいわ」

「うむ。つらくなったら泣いても構わぬぞ。全力で慰める」

全力で慰める？　あんなもふもふやこんなもふもふをしていいってこと？

それはそれで癒されるわね。

想像しながらにやにやしていると、マリーが果実水を入れたピッチャーとグラス二つとレオン用の浅いお皿をテーブルに置く。

話が長くなることを予想していたのだろう。あらかじめ用意してあったようだ。

「お嬢様を慰める時は、ぜひ私もご一緒させてくださいませ」

果実水をグラスにつぎながら、マリーがちらっとレオンを見やる。

「分かった。リオを慰める時はマリーも一緒だ」

「嬉しゅうございます。ありがとうございます、レオン様」

つまりマリーに抱きしめてもらいながら、レオンをもふもふするということでいいかしら？

「楽しみね」

「はい。楽しみです」

「……そうか。良かったな」

果実水で喉を潤すと私は再び語り始める。

十五歳になった私は社交界デビューをした。

デビュタントは王宮舞踏会で、エスコート役は当然婚約者であるリチャード王太子殿下だ。

「今日の君は特別に美しいな、リオ」

「ありがとう。リックも素敵よ」

最初のダンスを王太子殿下と踊っていると、周りが羨望(せんぼう)の眼差しで私たちを見守っている。少し緊張気味の私は練習の時のようにかろやかに舞うことができない。王太子殿下はお兄様と同じくらいダンスのリードが上手なので、失敗せずにすんだのは幸いだ。

一曲目を踊り終わると、喉が渇いたので飲み物を取りにいってくると、王太子殿下に断わりを入れる。彼は笑顔で頷いてくれた。

「リックの分も飲み物をもらっていきましょう」

飲み物を二つ持って、急いで戻ろうとすると、会場が騒めく。

何事かと広間の中央を見ると、王太子殿下とシャルロッテがダンスをしていた。

「あのご令嬢はどなたなのでしょう?」

「キャンベル男爵家のシャルロッテ嬢ですわ。先日『光魔法』を授かったという……」

「カトリオナ嬢と比べると華やかさに欠けますけれど、愛らしい方ですわね」

「『光魔法』の保持者となりますと、王家が放っておかないのではないでしょうか？」

貴婦人たちの噂話を聞きながら、王太子殿下とシャルロッテを見ると、二人は互いに熱い眼差しで見つめ合ってダンスをしている。

私とダンスをしている時はあんな眼差しを向けてはくれなかった。

いたたまれなくなって、広間を抜け出しバルコニーに出る。しばらく風にあたっていたかった。

「リオ、一人でバルコニーにいると危ないわよ。どこかのバカ者が貴女を狙ってくるかもしれないのだから」

「……クリス。でも、広間にいたくなかったから……」

クリスもシャルロッテも同じ十五歳なので、デビュタントしたのだ。

「お兄様のせいね。婚約者を放って別の女と踊るなんて……王太子のくせに男の風上(かざかみ)にもおけないわね。わたくしが男で婚約者だったら、リオを放っておくなんてあり得ないわ」

くすっと微笑む。

「そうね。クリスが殿方だったら格好良かったでしょうね。令嬢方にモテると思うわ」

「ふふ。わたくしと踊る？　実は男のパートも踊れるのよ」

「あら。私も踊れるわよ。お兄様とダンスの練習をしている時に殿方のステップも覚えたの」

互いに顔を見ると、ふふふと微笑み合う。

「ありがとう、クリス。広間に戻るわ」

「バカ兄にはわたくしから注意しておくわ」

「……バカ兄って……」

「シャルロッテ嬢に関わってから、兄は愚か者になったわ」

ぼそっと呟いたクリスは残念そうに王太子殿下の方を見つめた。

愚か者？　そうかしら？　私にはそうは見えないけれど……。

「と思った当時の私を殴りたい！」

拳を握りしめる。恋は盲目とはよく言ったものだ。

当時の私はなんのかんので王太子殿下に恋をしていたのだろう。

今世はなんとも思っていないけれどね。

「カスだとは思いましたけれど、バカでもあったのですね。これからはバカス王太子とお呼びいたしましょう」

「それは良いネーミングだ」

バカとカスを略してバカス王太子って……。マリー、毒を吐きすぎよ。

不謹慎にも良いネーミングセンスだと思ってしまったわ。

「クリスティーナ王女殿下は前世でもお嬢様の良いご友人だったのですね。本当にバカス王太子とご兄妹なのですか？」

「同父母の兄妹よ。顔立ちは似ているでしょう？」

「だが、魂の輝きはまるで違うぞ」

人間の魂の輝きってどんな感じなのかしら？

神様にしか見えないらしいから、形容してもらっても分からないのだろうな。

「どう違うの？」

「王女の小娘の魂の輝きは強い。あれは王者になるために生まれてきたようなものだ」

我が国は女性にも王位継承権がある。

王太子殿下に何かあれば、クリスが王位継承権第一位となるのだ。

「王太子の小僧が今のまま王になれば、平凡な治世になるだろうが、リオの話を聞いていると愚王になりそうだ」

「フィンダリア王国の未来は暗いですね。今のうちにご一家で隣国に亡命いたしますか？」

「……それは王太子殿下の婚約者に選ばれてしまった時の最終手段にしましょう」

さらに先を語り始める。

それからというもの、貴族の夜会に王太子殿下は私ではなく、シャルロッテのエスコートを優先するようになった。クリスやお兄様が諌めてもどこふく風だ。

私はいつ婚約破棄をされてもいいように、覚悟をすることにした。

貴族令嬢が婚約破棄されると傷物とみなされるので、次の婚約者が見つかるかは分からない。見つかったとしても良い縁組はなかなかない。年配の貴族の後妻におさまるか富裕層の庶民に嫁ぐか、もしくは修道院に入るかだ。

家族は婚約破棄をされたら、そのまま領にとどまればいいと言ってくれた。

クリスは公爵位を賜わるつもりだから、自分についてくればいいと誘ってくれた。

王太子殿下は婚約破棄を申し出てこないまま、卒業パーティーを迎えた。

卒業パーティーにも王太子殿下は私のエスコートはできないと前もって断ってきた。

仕方がないので、お兄様にエスコートをお願いすることにしたのだ。

王太子殿下は案の定、シャルロッテをエスコートしてきた。婚約破棄は確定だと確信する。

事件はその時に起きた。

シャルロッテを狙って、何者かがパーティー会場に暗殺者を送り込んだのだ。

間一髪で暗殺者は捕らえられたので、事無きを得た。

ところが暗殺者はとんでもない自白をしたのだ。

私に命じられてシャルロッテを暗殺しようとしたのだと……。

「カトリオナ・ユリエ・グランドール！　其方はシャルロッテを殺そうとしていたそうだな。ここにいる暗殺者が真実を吐いたぞ」

リオと愛称では呼ばず、フルネームで私を断罪しようとする王太子殿下に失望した。

「そのような事実はございません！　私はそこの暗殺者など知りませんし、シャルロッテ様を殺そうなどと、そのような恐ろしいことは考えたこともございません！」

必死に弁明をする。

本当にシャルロッテを殺そうなどとは露ほどにも思ってはいなかった。

それどころか王太子殿下に婚約破棄を申し渡されたら、二人を祝福しようと思っていたのだ。

「ちょうど良い。もう少し先に申し渡すつもりだったが、この場で其方との婚約破棄を宣言する！　そして、私はシャルロッテ・キャンベル嬢と婚約をする」

「婚約破棄はお受けいたします。ですがシャルロッテ様を殺そうとしたのは私ではありません。それだけは信じてくださいませ！」

かっとなり、私に殴りかかろうとする王太子殿下の前に二つの影が立ちはだかる。

「王太子殿下！　妹はそのような恐ろしいことを企むような娘ではございません！　あくまで妹を疑うのであれば、グランドール侯爵家の名において正式に裁判を起こします！」

「お兄様にはリオが暗殺者を雇うような恐ろしい娘に見えるのですか？　わたくしはリオを信じております！　お兄様がリオを断罪する気なのであれば、わたくしにも考えがございます！」

「お兄様……クリス……」

二人が庇ってくれたのが嬉しくて涙が零れ落ちる。

「黙れ！　衛兵。この女を裁判まで地下牢に閉じ込めておけ。拷問しても構わん！　自白させろ！」

「妹には手出しをさせない！」

お兄様が剣を抜刀するが、多くの衛兵に囲まれる。

「お兄様！　いい加減になさいませ！」

クリスが魔力を込めるが、魔法障壁に阻まれる。

このままだと二人まで巻き込んでしまう。

「お待ちくださいませ！　お願いです。私の話を聞いてください。リック。いえ。リチャード王太子殿下！」

「ジークは捕縛して牢につなげ！　クリスは魔法障壁のある部屋に閉じ込めろ！」

王太子殿下は蔑むような冷たい視線で私を見やると、ふいと顔を背け、衛兵に私を捕縛させる。

「申し開きは裁判でするが良い。連れていけ」

「お兄様！　クリス！」

衛兵に引きずられながら、必死に二人を呼ぶ。「リオ！」と二人が叫ぶ声はやがて遠のいていった。

地下牢に連れてこられた私は、薄い布で作られた粗末な囚人服に着替えさせられ、毛布一枚の堅くて狭いベッドと隔(へだ)てもないトイレだけの牢に放りこまれる。

血と汗が混じったようなものすごい異臭がした。

「明日から厳しい拷問が始まるからな。早いところ自白しちまった方が楽だぜ。お嬢様」

牢番がいやらしい笑いを浮かべる。自白することなど何もない。

私は何もしていないのだから……。

お兄様とクリスは大丈夫かしら？　粗末なベッドに横になって二人の身を案じる。

翌日からは牢番が言っていたとおり、拷問が始まった。

拷問室に連れていかれると、恐ろしい道具が目に入り、ぞっとする。

鎖につながれた私は服をはぎ取られ、拷問係の男にムチ打ちされる。

「言っておくが、お得意の『光魔法』の癒しは使えないぞ。この牢は魔法障壁に囲まれているからな」

背中の皮が剥けるまでムチ打ちされ、その後は殴られたり、蹴られたりした。

気を失えば水をかけられる。それでも私は自白などしない。

「貴族のお嬢様にしては忍耐力があるな。自白しない限りは苦しみが続くぞ。早く自白してしまえば、もっとマシな牢に移されて食事もいいものが食える」

「わ……たしは……何も……して……いない……」

ちっと拷問係の男は舌打ちする。引きずられて元いた牢に連れていかれると放り込まれた。

扉の下の差し入れ口から、カビだらけのパンと野菜が少し浮いただけの薄いスープと水が置かれる。

「しっかり食っておけ！　明日からも苦しみが続くからな」

這うように差し入れ口まで行くと、与えられた食事を一生懸命食べる。

裁判までしっかり生きないと！　裁判で無実を訴えるのだ。

一ヶ月にも及ぶ拷問に耐え、のぞんだ裁判は有罪となった。

決定的な証拠となったのは、王太子殿下から贈られたブルースノーローズだった。あの花には毒があったのだ。暗殺者が使った剣にはあの花から抽出された毒が塗られていた。

そんなことは今まで知らなかった。知らずに自らあの花の世話をしていたのだ。

宰相である伯父は必死に無罪の証拠を得ようと奔走(ほんそう)したのだが、ことごとく打ち消された。

次から次へと私に不利な証拠が出てくるのだ。おそらく捏造(ねつぞう)されたものだろう。

それどころかグランドール侯爵家は断絶。

家族もろとも断頭台行きが決定した。

「家族は関係ありません！　死罪にするのならば私だけにしてください！」

「お前の家族は、お前を脱獄(だつごく)させようと脱出計画を目論(もくろ)んでいた。現に牢に忍びこもうとしたグランドール侯爵家の執事長とその娘がいる。囚人を脱獄させるのは極刑にあたる」

執事長とマリーが？　私を助けようとして……。

「二人は……どうなったのですか？」

「捕らえる前に抵抗したので、衛兵に殺された」

「そ……んな……」

執事長……マリー……ごめんなさい！　私のせいであなたたちまで巻き添えにしてしまった！

結局、私の訴えは聞き入れてはもらえなかった。

有罪となり死罪が決まった私は拷問をされることはなく、少しだけ良い牢に移された。

机があり筆記用具もあったので、国王陛下に家族の助命(じょめい)を願う嘆願書(たんがんしょ)をしたためた。衛兵に頼み込んでなんとか渡してもらうように約束を取り付ける。

その夜、王太子殿下が牢に訪ねてきた。私の姿を見た瞬間、青い瞳を大きく見開く。

拷問で痛めつけられた私の姿は醜かったのだろう。

「なぜ自白しなかったのだ？　そのような姿になるまで耐える必要はあるまい」

「私は何もしていないからです。してもいないことを自白する必要がどこにあるというのですか？」

「だが、シャルロッテは殺されかけた。私とシャルロッテの仲を引き裂こうという動機からであろう？」

ふいと王太子殿下は顔を背ける。醜い顔は見たくないのだろう。

「シャルロッテ様を殺そうとは露ほどにも思いませんでした。婚約破棄を申し渡されたら、お受けするつもりでおりました。お二人を祝福した後は修道院に入ろうと決めていたのです」

「嘘だ！」

王太子殿下はドンと壁を叩く。

「今さら嘘を申してどうなるのですか？　私は死罪が決まっているのですよ」

肩を大きく震わせると、王太子殿下は背を向ける。

「明日、其方の家族が断頭台に送られる。家族の最期をみとらせてやる」

「そんな⁉　嘆願書はどうなったのですか？　家族の命だけはお助けくださいませ！」

「嘆願書など届いておらぬ」

扉が閉まる瞬間、私はその場に崩れ落ちた。

翌日、刑場に無理やり連れてこられた私は断頭台の真下に鎖につながれたまま、座らされた。

魔力阻害の呪文が刻まれた鎖だ。魔法を使うことはできない。

断頭台の上にはお父様とお母様、お兄様と妹のメアリーアンが立たされていた。

メアリーアン以外はみんな痛めつけられた痕があり、ひどい有様だ。

「お父様……お母様……お兄様……メアリーアン……」

声に気づいた家族が断頭台の下にいる私に目を向ける。

「リオ、可哀想に。そんな姿になるまで……よく頑張ったね」

「つらかったでしょう？　助けてあげられなくてごめんなさい、リオ」

「すまない、リオ。あの時、お前をすぐに連れ出せばよかった」

「お姉様、大丈夫？」

私を気遣う家族の言葉が心に沁みる。司祭が祈りを捧げているが、聞こえない。

家族の姿しか見えない。涙で視界が歪む。

司祭の祈りが終わると、お父様、お母様、お兄様の順で断頭台に横たえられる。

最期の瞬間「愛している」と私に告げ、次々と断頭台の露と消えていった。

家族の命が刈り取られる度に涙が溢れる。「やめて！」と叫ぶ声は誰にも届かない。

最後にメアリーアンを死刑執行人が横たえる。

小さな細い首が抜けないように、死刑執行人が体を押さえている。

「メアリーアン！　やめて！　妹はまだ七歳なのよ！」

「お姉様、大好き」

あどけない笑顔が……いなくなってしまった。

「殺してください！　私も今すぐ！　家族と一緒に！」

みんな天に召されてしまった。

家族が何をしたというの！　何もしていない！　なぜ？　なぜ？

私は天に向かい号泣した。声が嗄れるまで泣き叫んだ。

そこまで語ったところでレオンとマリーがぼろぼろと涙を流して泣いていた。私もだけど……。

「お嬢様にご家族の最期をみとらせるなんて、なんと惨いことをするのでしょう」

「リオ……頑張ったな。つらかっただろう？　苦しかっただろう？　人間はどうして惨いことを平気で行えるのだろう」

涙をぬぐうと、果実水を飲む。

「続きを話すわね」

私の処刑前日にシャルロッテが牢を訪れてきた。

二人だけで話をしたいと衛兵を下がらせる。衛兵が下がったのを見届けると、彼女は扉を閉めて中に入ってきた。

「お別れに参りました。カトリオナ様」

「シャルロッテ様」

シャルロッテは私に近づくと、愛くるしい顔に歪んだ笑みを浮かべる。

「ひどいお姿ね。『社交界の白薔薇姫』と呼ばれた貴女が醜い姿になっていい気味だわ。今の貴女は、まるで枯れたバラのようね。明日死に逝く貴女にいいことを教えてあげるわ」

「シャルロッテ……様？」

顔を近づけると私の耳に囁くように語りかける。

「貴女を冤罪に陥れたのは私よ」

「な⁉　なん……ですって……？　どうして？」

シャルロッテの思わぬ告白に、驚愕で一瞬息が止まるかと思った。

私を陥れた張本人はシャルロッテだったのだ。

シャルロッテは私から顔を離すと立ち上がり、侮蔑するように見おろす。

「どうしてですって？　貴女が憎かったのよ」

「私は貴女に恨まれるようなことはしていないはずよ」

意味ありげに含み笑いをするシャルロッテ。彼女との接点はほとんどなかったはずだ。

「覚えているかしら？　魔法訓練でリックと私と貴女は同じ班だった」

「ええ。訓練のはずが、実際に魔物に遭遇してしまった時ね」

「そう。あの魔物は私が用意したのよ。リックにいいところを見せようと思ったのに、貴女が邪魔をした」

「なんですって⁉　魔物を仕掛けるなんて正気なの？　王太子殿下にもしものことがあったら、どうするつもりだったの？」

ぎっと憎しみの目でシャルロッテは私を睨み据える。

「どうにもならないわよ。魔物は弱らせてあったもの。後はとどめを刺すだけだったのに、貴女は私の魔法を侮辱して手柄を横取りした」

シャルロッテの魔法を侮辱した？　侮辱などしてはいない。魔物の目をくらませるのに、シャルロッテの『光魔法』の光度では弱すぎた。だから替わってくださいと言っただけだ。

あれが彼女を侮辱したというの？　それは被害妄想ではないのだろうか？

「そうでなくても、貴女の存在は目障りだったの！　大貴族の令嬢で王太子殿下の婚約者。しかも親友は王女殿下でたくさんの友人に囲まれて、美人で成績優秀。同じ『光魔法』の属性持ちなのにことごとく比べられた私の気持ちが分かる？」

シャルロッテは私に嫉妬していたの？

「貴女は王太子殿下の心を射止めたではないの？　こんなことをしなくても私は身をひくつもりでいたのに……」

「リックの心にはまだ貴女がいるわ！　彼は私を第一妃にする代わりに、第二妃に貴女を娶ってても構わないか？　と言ったのよ！　貴女は大貴族の娘で利用できるからと！」

彼が二人とも妃にする気でいたことに愕然とした。実家を利用する気でいたことにもだ。

妃は一人でよいと言っていた。確かに我が国の国王は第二妃まで妻帯を許されている。

世継ぎに恵まれなかった時の対策だ。今の国王陛下は王妃殿下お一人しか娶っていない。

「『光魔法』の持ち主も王太子殿下の妃も一人でいいのよ！　だから貴女には消えてもらうことにしたの。私の勝ちよ」

勝ち誇ったように、にやりと歪んだ笑みを向けた。

狂っている。シャルロッテは狂っているわ。

「そんな……そのために家族まで巻き添えにするなんて！　貴女は狂っているわ！」

「家族仲良く、天に召されるのだからいいじゃない。ああ、貴女はちょっと遅れちゃったけれどね」

アハハハと天井に顔を向けて、おかしそうに笑うシャルロッテに怒りがこみあげた。

憎悪の眼差しを彼女に向ける。

「いいじゃない、その顔。淑女ぶって、澄ました顔をしている貴女よりずっといいわ」

「シャルロッテ！」

彼女に掴みかかろうとして、かわされる。体力が落ちているのだ。

体勢を崩し、無様にも床に転がってしまった。

「最後にいいことを教えてあげるわ。リックにブルースノーローズをブーケに選ぶように誘導したのは私よ」

「なん……ですって？」

嵌められた！　私はシャルロッテにいいように利用されたのだ。

「では、さようなら。カトリオナ様。天国への良い旅を！　天国があれば……だけれどね」

シャルロッテはカーテシーをして、扉を閉める。

処刑当日は、前の日に声が嗄れるまで泣き、疲れて気力がなくなってしまった。

もうどうでもいい。天国があるのならば、家族に会いたい。輪廻転生があるのならば、生まれ変わっても、また同じ家族だといいと思う。貧しくてもいい。皆一緒ならそれで構わない。

死に逝く前に言い残したいことはあるかと死刑執行人が問う。

私は頷くと、無罪を信じてくれた人たちに向かってメッセージを贈る。

そして——。

きっとシャルロッテを睨み据え「ろくな死に方をしないわよ、貴女」と声には出さず口だけ動かすと、にやりと笑ってみせた。

嘲りの笑みを浮かべていた彼女が一瞬だけ、憎悪の表情を浮かべる。

王太子殿下の青い瞳にも嘲りの笑みが浮かんでいる。

死後の世界があったとしても、生まれ変わっても、もう二度と貴方とは会いたくない。

司祭の祈りが終わると、私は自ら断頭台に向かう。

グランドール侯爵家最期の人間の死に様を見るがいい。胸を張って堂々と歩む。

お父様、お母様、お兄様、メアリーアン、執事長、マリー。今そちらに参ります。

「そこで意識が途切れて、目覚めたら七歳の自分が熱を出して、うんうんと唸っていたの」

語り終えると、いつの間にか来ていたフレア様がぼろぼろと涙を流して泣いていた。

ダーク様は背を向けて肩を震わせている。あれって泣いているのかしら？

マリーの額には青筋が浮いている。本気で怒っているのだ。

ふしゅうと荒い鼻息が聞こえるので、振り向くとレオンが獅子の姿になっていた。

「レオン⁉」

「リオ。なぜその娘に復讐をしようとは思わないのだ。おまえを陥れ、家族を殺した娘だぞ」

怒ってくれているの？　神様が私のために？

「それは……私だけならともかく家族を道連れにしたことは許せなかったわ」

「ならば！　リオが願えば我は手を貸す」

私は首を振る。

「でもね。シャルロッテも私が『光魔法』の属性持ちでなければ……王太子殿下の婚約者でなければ……彼女は狂わなかったのかもしれないって考えたの」

ふうと息を吐くと、レオンは小さな獣の姿に戻る。

「どうしてそんなに優しく強く生きられるのだ？　人間は感情の赴くままに動く生き物ではないのか？　シャルロッテという娘のように」

「そんな人間ばかりではないのよ。レオンだって分かっているでしょう？」

レオンは、はっと目を見開く。オッドアイの瞳が哀しそうに揺れる。

「……その優しさが、いつか仇（あだ）になるぞ」

「大丈夫よ。レオンが守ってくれるのでしょう？」

レオンを抱き上げると、目を合わせてにっこりと微笑む。

「無論だ！　リオ、前世の話を近々家族全員に話せ。このままだと王太子の小僧が婚約を申し込みに来たら、断れなくなるぞ。我も家族の説得に協力する」

「わたくしも協力するのじゃ！」

はいはいと手を挙げるフレア様。

「もちろん私もです！」

「マリーが協力するのなら、俺も協力してやってもいい」

「はい！　皆様、頼りにしています」

レオンの言うとおり潮時かもしれない。家族に前世のことを話そう。

その夜はレオン、マリー、フレア様、ダーク様と一緒にベッドで眠った。

キングサイズでベッドは大きいけれど、神様たちには獣の姿になってもらう。

レオンはいつもどおりの小さな獣姿、フレア様は金色の鳥ではなく、レオンに対抗して金色に近い毛並の可愛い茶色の猫の姿、ダーク様は小さな黒い狼の姿だった。

神様たちの獣姿は可愛くて、マリーと二人でもふりまくった。

「ああ、癒される」

「なぜ、おまえたちまでリオと同じベッドで眠るのだ？　ソファで寝ろ。外でも構わぬぞ」

「レオンは本当にいけずなのじゃ！　わたくしだってリオが大好きなのに、レオンばかりずるいのじゃ！」

「フーッ！」と毛を逆立てている。白い長毛種の猫と金色の猫がなわばり争いをしているようだ。

「マリーにブラシをかけてもらった。特別に抱っこさせてやってもいい」

黒い狼姿のダーク様がちょこんと座っている。

ダーク様を抱き上げると、毛並みが先ほどよりふわふわになっていた。

「ふふ。ふわふわですね。ダーク様」

「リオ、あまり一人で抱え込むなよ」

「ええ。近々家族に話す覚悟を決めました」

「そうか。神頼みという言葉もある。俺たちに頼っても構わないのだぞ」

神様に全面的に頼れば、それは心強い。

でも、レオンも言っていたけれど、人間同士でしか解決できないこともあると思う。

「ありがとうございます、ダーク様」

「こらっ！　ダーク！　なぜリオの腕の中にいる？　そこは我の場所だ！」

フレア様となわばり争いじゃなかった……ケンカしていたレオンがぎろりとダーク様を睨む。

「レオンは姉ちゃんと仲良くケンカしていて、リオが寂しそうだったからな」

ダーク様はぴょんとマリーの腕に跳びうつると、懐にすっぽりとおさまる。

「俺の定位置はここだ」

「勝手にレオンの場所にするではないのじゃ！　わたくしの場所でもあるのじゃ！　それと姉上と呼ぶのじゃ！」

パジャマパーティーならぬ、もふもふパーティーの夜は楽しく過ぎていった。

◇◇◇

今日はクリスと王立図書館に行く約束をした日だ。

とても楽しみにしていた日がきて、朝からご機嫌の私だった。

レオンは神様会議？　があるらしく、神界に行くそうだ。タイミングが良かったと思う。

マリオンさんのことを調べるのは、レオンには内緒にしておきたいと思っていた。

王立図書館に行く時にどうやってお留守番をしてもらうか、考えていたのだ。

「王女の小娘とマリーが一緒なのだ。そんなに心配することはないのだが……いや！　やはり心配だ。何かあったらすぐに我を呼べ！」

「迎えに来たぞ。ピンポロリン」

時の神様が迎えに来たので、渋々とレオンは出かけていった。

「ねえ、マリー。神様の会議ってどんな感じなのかしら？」

クリスがうってつけの保護者を伴って、タウンハウスに迎えに来てくれるらしいので、支度をしている最中だ。

「神々方の会議ですか？　どのような感じなのでしょう？　国の行く末など難しい会議をしていらっしゃるのでしょうか？」

私の髪を梳かしながら、マリーが首を傾げているのが鏡越しに見える。

コンコンと扉がノックされる。

執事が呼びにきたのかしら？　そろそろクリスが迎えに来る時間だものね。

「どうぞ」

「ごきげんよう！　リオ、二日ぶりね」

扉が勢いよく開いたかと思うと、クリスが元気よく飛び込んでくる。

「クリス！　ごきげんよう。まさか部屋まで来てくれるとは思わなかったわ」

「ふふ。待ちきれなかったの！」

コホンと咳払いが扉の向こう側でする。

「入ってもよろしいかな？」

この声はもしや⁉

「どうぞ。支度はできております」

部屋に入ってきた人物はフランシス伯父様だった。

「ごきげんいかがかな？　我が愛しの姪っ子殿」

「ごきげんよう。うってつけの保護者ってフランシス伯父様でしたの？」

「そうよ。リオとデートをすると言ったら、喜んで引き受けてくれたわ」

それにしても宰相って要職よね？　忙しいのではないのかしら？

「それは嬉しいのですが、お仕事は大丈夫なのですか？　伯父様」

「心配には及ばないよ。宰相補佐官がしっかり者だからね」

……宰相補佐官様、お気の毒です。

「それにしても……王女殿下。いきなり部屋に飛び込むなど、淑女のなさることではありませんぞ」

「だって、リオとお出かけするのが嬉しかったのだもの」

伯父様にめっと怒られて、ぷうと頬を膨らませるクリスは小動物のようで可愛らしい。

「私も楽しみで朝からワクワクしていたわ」

「リオが楽しみにしていたのならば仕方がない。今日は見逃しましょう」

先ほどまできりっとしていた伯父様の顔がでれっと緩む。

「宰相は伯父バカよね。ところで今日はもふもふ君の姿が見えないわね。別の部屋にいるの？」

「ああ、レオンは……その……お父様たちがご友人に聖獣自慢するといって連れて行ったわ」

まさか神様会議で神界に行っているとは言えない。

クリスはレオンを聖獣だと思っているものね。

「そうなの？　残念だわ。もふもふしようと思っていたのに……」

「そういえば、エリーが聖獣を保護したと言っていたな。私も会ってみたかったな」

姿を消したレオンとなら会っているのだけれどね。

「ジークはどうした？　今日はいないのかな？」

「はい。お兄様はお師匠様から試練を与えられたとかで、朝から出かけております」

昨日、お兄様はトージューローさんと師弟の契りを交わしたようだ。トージューローさんが帰った後、晩餐の席で我が家にわざわざ訪ねてきてくれたとか、嬉しそうに話していた。

「ほお。もう師匠を見つけ出したか」

伯父様がうんうんと頷きながら、感心していた。

前世では『風の剣聖』トージューローさんは、我が領の北の山脈で隠居暮らしをしていたのを、お兄様が探し出したのだ。何度も通ってやっと弟子入りできたという経緯だったのに、やはり歴史が違ってきている。

「はい！　時間がもったいないから、そろそろ出かけましょう！」

しびれを切らしたクリスが伯父と姪の会話にキリをつける。

「ええ、行きましょう！」

クリスと手をつないで部屋を出る。

王女殿下のお忍びなので、目立たない馬車で王立図書館へと向かう。

「王立図書館で探している本があると言っていたな。どのような本なのだ？　希少本なのかな？」

伯父様に尋ねられたので、王立図書館に行きたい理由を話すことにする。

「我が家の歴史なのですけれど、二百年前の出来事を知りたいの。でも領の屋敷の図書室ではあまり詳しい資料がなくて、王立図書館にならあるかもしれないと考えたのです」

建国時に、国で発行された本は全て王立図書館に納めるという法律ができた。おかげで、王立図書館には様々な種類の本がある。

ただ、希少本は閲覧許可証がないと閲覧できない閉架図書に所蔵されている。逆に閲覧許可証があれば、自国民でも他国人でも閉架図書を閲覧することができる。

ちなみに閉架図書は貸出禁止ではあるが、本の一部分であれば、自動筆記という便利なサービスを利用することが許されている。

自動筆記とは『複写』というスキルが付与された魔道具で、本を写すことができる便利なものだ。そのおかげで、わざわざ遠方から来る者もいると聞く。

「二百年前にグランドール侯爵家の城は失われているからな。当時の本はほとんど残っていないだろう」

「お兄様に見せていただいた歴史書に記述がありました。やはり、今の領主館は先祖代々の屋敷ではないのですね？」

森にあったあの城跡が元々、グランドール侯爵家の城だったのかもしれない。

「二百年前というと、国情が安定していない時代ね。隣国との小競り合いがあったと歴史の授業で習ったわ。国境付近にあるグランドール侯爵領が巻き込まれてもおかしくはないわね」

さすがはクリスだ。よく学んでいる。

「私も詳しくは分からないが、二百年前に今の領主館を建てた当時の当主が落城前に逃れたらしいな。国情が安定した頃に家を建て直したと聞いている」

その辺りの話はお兄様に聞いたとおりだ。

王立図書館に当時のことが分かる本が見つかればいいなと思う。

王立図書館に到着すると、「そうだ、これを渡さないとな」と伯父様が一枚の書類を渡してくれた。

「閉架図書に目的の本がある場合は、この書類を見せなさい。私のサインが入った閲覧許可証だ」

伯父様は用意がいいな。できる宰相は違う。仕事を宰相補佐官に任せて、姪と出かけることはあっても、伯父様の宰相としての手腕は優秀だ。国内はもちろんのこと隣国まで名が通っている。

「私は図書館長と話をしてくるから、三人で先に行っていなさい。知らない人についていかないようにな」

小さな子供に注意するみたいに……って私は今八歳だった。先日誕生日を迎えたばかりだが。偶然にもお兄様と私は誕生日が同じ日なのだ。ちなみに妹のメアリーアンも。

「ありがとうございます。伯父様。行きましょう。クリス、マリー」

「ええ。まずは司書に聞いてみましょう」

受付を探そうと振り向くと、マリーがいない！　と思いきや、笑顔でこちらに歩いてくる。

「二百年前の歴史関係の本は閉架書庫にあるそうです。閉架書庫にも司書がいるので、そちらで許可証を見せてくださいとのことです」

マリーが受付で聞いてくれたらしい。早い！

そして伯父様に閲覧許可証をもらっておいて良かった！

「……マリーは仕事が早いわね。王宮に欲しいくらい優秀な人材だわ」

「マリーはあげないわよ」

閉架書庫は地下にある。司書に許可証を見せてから、歴史書がある場所を聞く。

「歴史書は奥の書棚にございます」

「ありがとう」

中に入ると古書独特の匂いがする。

奥の方に行くと歴史書と思われる本がたくさん置いてあった。あったが……文字が読めない。

「どこの言葉なの？　全然知らない文字だわ」

「う～ん。イーシェン皇国の文字に似ている気がするけれど、ちょっと違うわね」

イーシェン皇国？　クリスがくれた植物の種の国ね。遠い東にあるという……。

「クリス、読める文字はある？」

「国……成立……。このみみずみたいな変な文字は分からないわ」

「それはヒノシマ国の言葉で『国の成り立ちと興亡』と読むんだ」

後ろからした声に振り向くと、見たことのある風貌の男の人がいた。

「トージューロー様!?」

「リオの知り合いなの？」

「『風の剣聖』よ。お兄様のお師匠様なの」

「ええっ！　この人が『風の剣聖』なの!?　おじさんじゃないの？」

クリスと私が『風の剣聖』を指差すと、トージューローさんはむすっとした顔になる。

「トージューローって何だ？　それとおじさんじゃねえよ。俺はまだ十八歳だ」

結い上げた黒い髪をポリポリと掻くと、『風の剣聖』トージューローさんはじろっと私たちを睨む。

「この国の子供は礼儀がなってねえな」

しまった！　この人ちょっと偏屈なのよね。お兄様のお師匠様に悪い印象を与えるのはまずい。

「失礼いたしました。昨日は兄がお世話になり、ありがとうございました」

慌ててカーテシーをして謝罪する。

「ああ、ユーリの妹か。もう一人は昨日案内してくれた侍女。そちらのお嬢ちゃんは？」

トージューローさんはクリスに視線を移す。

「わたくしは……クリス……クリス・ポールフォードよ。『風の剣聖』にお目にかかれて光栄だわ」

ポールフォードって伯父様の家名じゃない。お忍びだから仕方ないのか。

「あらためまして、私はマリーと申します。カトリオナ様の侍女でございます」

謝罪して名乗ったことで少し機嫌が良くなったようだ。うんうんと頷く。

「俺は桐十院彦獅朗（とうじゅういんひこしろう）だ」

「トージューイン？　変わった名前ね」

「俺の国では家名が先なんだ。名前は彦獅朗という」

彦獅朗は発音が難しいから、前世ではトージューローさんって呼んでいたのよね。

「ヒコジー？」

「ヒージー？」

クリスとマリーが首を傾げている。

「………トージューローでいい。俺の名前はこの国では発音しにくいらしいからな」

あ。諦めた。

「あの、トージューロー様はこちらで何かお探しなのですか？」

「あ、ああ。俺の国の菓子の文献がないかと思ってな」

もしかして、あれかな？　確か「ダンゴ」という名称だった。

「ダンゴというお菓子ではありませんか？」

「そうだ！　団子だ。お前は作り方を知っているのか？」

ダンゴの作り方は前世でトージューローさんが四苦八苦して、それらしいものを作っていたのを見ていた。小麦粉（正確には違う粉らしいけれど、この国にはない）を練って、丸めてその上に豆で作ったアンコとかいうのを乗せて食べるお菓子だ。

思いついたことがある。ダンゴを報酬に本を読んでもらうのだ。

この棚にある本はトージューローさんの国の言葉で書いてあるので、読むことができない。

なぜ公用語ではなく、別の国の言葉で書いてあるのかは分からないが……。

「ええ。トージューロー様の国のダンゴと味は違うかもしれませんが……」

トージューローさんの顔が爽やかな笑顔に変わる。

「それでも構わん！　団子を作ってくれ！」

つんつんとクリスにつつかれると、耳打ちされる。

「ちょっとリオ、大丈夫なの？　貴女、本当にダンゴとやらの作り方が分かるの？」

「ええ、任せて。その代わりにね……」

ひそひそとクリスの耳にささやく。

「なるほど。いい考えだわ」

ダンゴを作るのに必要な材料は今私の手元にある。「米と小豆があればなあ」とトージューローさんが前世で呟いていたのを思い出したのだ。

クリスにもらった植物の種の中に「コメ」と「アズキ」という種があった。種別は「コメ」が穀物、「アズキ」は豆だ。フレア様のブレスレットは万能で、植物の鑑定をすることもできた。

「何でこそこそと内緒話をしているんだ？」

眉根をよせて怪訝な表情をしているトージューローさんに、にっこりと微笑む。

「その代わり、お願いがあるのです」

「タダとは言わない。何が欲しい？」

お金を要求されると思ったらしい。懐をがさがさと探っている。

「ここにある本のタイトルの中に『フィンダリア王国の歴史』または『グランドール侯爵家』という単語がある本を見つけてほしいのです。見つかった場合は、その内容も読んでいただければと思うのですが……いかがでしょうか？」

しばらくポカンとしていたトージューローさんは、にこりと笑うと、私の頭をポンポンとしてくる。

「なんだ。そんなことならお安いご用だ」

トージューローさんは棚を丹念に見て、私の頼んだ本を探してくれている。

その間、クリスとマリーと私は閉架書庫内にある閲覧用のテーブル席で待っていた。

「トージューローの服って変わっているわよね」

「あれは民族衣装らしいわ」

ヒノシマグニの民族衣装は変わっている。くるぶしの上まである長着を体にかけただけのもので、はだけないように帯で結んでいた。長着の上にはジャケット（ハオリ）を着ている。

「そうなのね。それにしてもトージューローが『風の剣聖』とは信じられないわ」

トージューローさんが伝説になったのは、二年前の剣術大会だ。飛び入り参加したトージューローさんが『風魔法』を付与した片刃の剣（カタナというらしい）を使って、挑戦者を全員なぎ倒して優勝をかっさらっていった。噂に尾ひれがついて、ついたあだ名が『風の剣聖』だ。

噂を聞きつけた魔法院や騎士団から「異国の人間でも構わないから、うちに来ないか？」というお誘いを「俺は縛られるのが嫌いだ」と言って、断ったらしい。

「ユリエとマリーは礼儀正しいが、そっちのお嬢ちゃん、クリスだったか？　は俺を呼び捨てだな。年上に向かっていい度胸だ」

トージューローさんが何冊かの本を脇に抱えている。それらしいのが見つかったのかな？

「トージューロー様、お気を悪くなさらないでくださいませ。クリスはこの国の要職についている方の娘なのです」

嘘は言っていない。国王陛下だけれど……。

「ポールフォードって、この国の宰相だろう？　あのおっさんに娘がいたのか？」

意外と情報通だった。ところで気になっていたことがある。

「あの、どうして私をセカンドネームでお呼びになられるのですか？　兄のこともですが……」

「ユーリもユリエもヒノシマ国の名前だからな。そちらの方が呼びやすい」

そうなの⁉　変わったセカンドネームだとは思ったけれど……。

「ところで、それらしい本は見つかりましたか？」

「ああ。この本の中に『グランドール家領主の軌跡』というのがあるぞ」

それだ！　『風の剣聖』グッジョブ！

「二百年前の記述はありますか？　マリオンという名前の女侯爵の時代です」

「マリオンか」

テーブル席に座ると、トージューローさんがパラパラと本をめくる。

「お！　あったぞ。マリオン・リリエ・グランドールでいいか？」

「それです。読んでください」

これでマリオンさんのことが分かるかもしれない。

「マリオン・リリエ・グランドール。享年二十二歳。若くして亡くなったんだな。俺と四歳しか変わらない」

「四歳もでしょう？」

「クリスお嬢ちゃんは黙っておけ。全属性の魔法持ち⁉　すげえな！」

全属性の魔法持ち⁉　魔力量が多くなければ不可能なことだ。マリオンさんの魔力量はとてつもなく多かったのだろう。

現在、最多の魔法属性持ちは魔法院の魔道室長で四属性だ。そういえば、マリーも三属性持ちだから、かなりすごい。マリーをちらっと見れば、にこりと笑い返してくれる。

「全ての神々に愛されていたのね。リオのご先祖様のマリオンという方は……」

「……そうみたいね」

「続きを読むぞ」

トージューローさんが読んでくれた内容を要約すると、こんな感じだ。

マリオンさんは十八歳で女侯爵の座につき、グランドール侯爵領を治めていた。民からの信頼は厚く、誰からも愛されていた彼女はいい領主だった。ところが、マリオンさんの絶大な魔力に目をつけたフィンダリア王国の周辺国は、彼女を巡って小競り合いをしていたらしい。

ある日、ついに周辺国の一つがグランドール侯爵領に踏み込んできたのだ。

マリオンさんは妹と次代の領主である甥と侯爵領の民たちを、全員『転移魔法』で王都近くの村に転移させた。転移した人々は王都に救援を求め、王国軍はグランドール領に進軍したのだが、城は消えて瘴気を放った森が残っていただけだという。

踏み込んできた国の軍はすでに撤退した後だった。

「おそらく、マリオンは全魔力を使って、人々を転移させた後、城とともに滅んだのかもしれないな」

著者は不明だが、後の領主が記した本なのかもしれない。

マリオンさんがどうなったのかは推測すれば、城と運命をともにしたと考えるのが自然だ。

気づけば、クリスとマリーと私は泣いていた。

「おい！　泣くな！　俺が泣かしているみたいじゃねえか！」

トージューローさんがわたわたと慌てる。

「だって……マリオンさんが……」

「いい人すぎるでしょう……うう……ひっく……」

「さすがは……お嬢様のご先祖様です……」

泣きやむまで待っていてくれたトージューローさんに、あることを願い出る。

「私にヒノシマグニの言葉を教えていただけませんか？」

この本を『複写』してもらって、自分で読んでみたかった。

もしもレオンとマリオンさんに接点があったとしたら？　特別な関係だとしたら？

レオンはマリオンさんを失ってどんな思いだったのだろう？

疑問は尽きない。また胸にちくりとした痛みが走った。

王立図書館でマリオンさんのことが書かれている箇所の『グランドール家領主の軌跡』と王国の歴史が書かれた本の一部を自動筆記で『複写』してもらった。

伯父様と合流した後、カフェに行く。タルトの専門店で人気があるらしい。

「ヒノシマ菓子のレシピ本が手に入ってよかったぜ。わざわざ王都に来た甲斐があった」

なぜかトージューローさんもカフェについてきた。

「まさかトージューイン殿が王都におられるとは思いもしなかった」

「久しぶりだな、宰相殿。その節は世話になった」

その節？　伯父様とトージューローさんは知り合いなのかしら？

「どうして貴方がついてきているのよ？」

クリスが不機嫌そうだ。注文したアップルタルトをぐさっと刺している。

お行儀が悪いわよ、クリス。

ちなみに私は大好きなイチゴタルトをチョイスし、伯父様は甘いものが苦手とのことで紅茶のみを注文した。

「俺は甘いものが好きなんだよ」

フルーツタルトを美味しそうに頬張りながら、トージューローさんがクリスにフォークを向けている。危ないです！

ふと疑問に思ったことをトージューローさんに尋ねてみることにする。

「トージューロー様はヒノシマグニの人ですよね？　どうして、閉架図書に入ることができたのですか？」

「ああ」と頷くとトージューローさんは、ハオリの内ポケットから書類らしきものを取り出して、私たちに見せてくれる。伯父様のサインが入った閉架図書の閲覧許可証だった。

「この国の永住権とともに閲覧許可証も、そこの宰相殿にもらったんだよ」

今度は伯父様にフォークを向ける。だから危ないです！

だが、謎が解けた。なるほど。納得！

「そういえば、ジークの師匠を務めてくれるそうですな。甥（おい）をよろしくお願いします」

「おう！　ユーリはなかなか見どころがある。あとユリエの教師もすることになった」

伯父様が聞きなれない私のセカンドネームに眉を顰める。

「ユリエ？　リオのセカンドネームか。まだリオは魔法属性判定を受けていない。指導を受けるのは早くないか？」

「魔法の指導ではなくて、ヒノシマグニの言葉を教えてもらうのです」

言葉を教えてほしいという私の願いをトージューローさんは受け入れてくれた。

ヒノシマ菓子を作ることを条件に出されたが……。

「わたくしにも教えてほしいわ」

「おう……じゃなかったクリス。グランドール侯爵領は遠いぞ」

トージューローさんの前では、伯父様とクリスは親子のふりをしている。

「お兄様だって、ほいほいと視察（しさつ）に出かけては、なかなか戻ってこないじゃない。わたくしも魔法院直轄（ちょっかつ）領に学びに行くという名目で、リオと一緒に勉強したいわ。お願いお父様」

うるうると瞳を潤ませて、クリスはおねだりポーズをする。うっと伯父様は言葉を詰まらせた。

「……考えておこう」

これは伯父様の負けだな。クリスは我が領にくることになるだろう。

テーブルの下で小さくガッツポーズをするクリスだ。

「宰相殿は親バカだな」

ついでに伯父バカです。

「トージューロー様は一緒に我が領に来られるのでしょうか？」

「そのつもりだ。道中もユーリを鍛えたいからな。何より旅代がうく」

そちらが本命だな。一緒に旅をすれば貴族待遇のうえ、旅の費用はこちら持ちだ。

「明日からユーリの稽古をするついでに、ユリエにはヒノシマ国の言葉を教える。団子を用意しておけよ」

「わたくしもリオが王都にいる間は、毎日グランドール侯爵家のタウンハウスに行くわ。リオと一緒にヒノシマ国の言葉を学びたいの」

「クリスお嬢ちゃんは報酬が払えないだろう？　宰相殿が払ってくれるのならば話は別だが……」

ふふんと鼻でトージューローさんが笑う。

「王国中のスイーツ店食べ放題パスポートを差し上げるわ」

「のった！」

あっさりと引き受けた⁉　甘いもの好きなのは知っていたけれど、案外チョロい人だ。

まさかお兄様も甘いもので釣ったのかしら？

それにしても、話してみると意外と気さくな人だ。

前世では偏屈だったから、王都から我が領で隠居するまでに何かあったのかもしれない。

タウンハウスまでは馬車で送ってもらい、明日また会う約束をしてクリスと伯父様を門の前でお見送りすることにする。

「また明日会いましょう、リオ。楽しみにしているわ」

「ええ！　私も楽しみにしているわ」

手を振って馬車を降りる。トージューローさんも一緒に降りて、私の後をついてくる。

「宿が近いのですか？」

「いや。今日からここに世話になる」

お兄様のお師匠様だし、一緒に領地まで同行するのだ。おかしくはない。

「そうですか。では中へどうぞ」

マリーとトージューローさんと連れ立ってタウンハウスの中に入る。

「あらためて見ると、大きな屋敷だな。領地の屋敷もこんなに大きいのか？」

「いえ。領地の屋敷はもっと大きいです。マリー、トージューロー様のお部屋を用意して差し上げて」

「畏まりました、お嬢様」

ほおと物珍しそうに、タウンハウスを眺めまわしているトージューローさんだ。

マリーは一礼すると、二階へ上がっていった。

お父様たちはまだ帰っていないらしい。お兄様もかしら？

「トージューロー様。兄にどのような試練を与えられたのですか？」

「王宮周りを十周走った後、素振りを百回。あとはうさぎ跳びで屋敷まで帰ってくるだな」

「えええええ！　お兄様が死んじゃう！」

エントランスに私の叫び声が響く。トージューローさんは両耳を塞いだ。

「その程度じゃ、死なねえよ」

この人は弟子にとんでもない試練を与えている。

王宮はとてつもなく広いのだ。外周を走るなんて無謀もいいところだ。しかも十周！　それに素振りとうさぎ跳びって……。お兄様がボロボロになって帰ってくる姿が目に浮かぶ。

「リオ、何を叫んでおるのだ。帰ってくるのが、随分と遅かった……な」

二階からレオンが降りてきたが、一度瞬きをすると途中で固まった。

「レオン、帰っていたの？　ただいま！」

「よう！　にゃんこ！　元気か？」

トージューローさんがまるで昔からの知り合いみたいに、親し気にレオンに話しかけている。

だが、レオンはトージューローさんの問いかけには答えず、険しい顔をして、トージューローさんをじっと見つめる。

そして、ふいとトージューローさんから視線を外し、私の方に向きなおる。

「リオ、明日王女の小娘をここに呼べるか？」

「クリス？　ええ。明日も会う約束をしているわ」

「そうか。ちょうどよい」

クリスに何か話があるのかな？

「ちょっと待った！　クリスお嬢ちゃんは宰相の娘じゃないのか？」

そういえばトージューローさんがいた。いつもどおりレオンと会話していたことに気づく。うっかりクリスが王女だと告げてしまった。

「この国の第一王女クリスティーナ殿下です」

「あのお嬢ちゃんが王女様ね。どうりでえらそうな態度だと思った」

クリスが王女だと知っても、全然驚いた様子がないトージューローさんは大物だと思う。

「明日、皆に前世のことを話せ。リオ」

突然のレオンの言葉に驚く。

ええ!?　領地に帰ってから話そうと思っていたから、心の準備ができていない！

◇◇◇

いよいよ前世の話を家族に告白する時がやってきた。緊張して朝早くに起きてしまったので、厨房でお菓子作りをしている。

「朝早くに起きて何をするのかと思えば、見たことがない菓子を作るのか？」

「ヒノシマ菓子でダンゴというの」

「レシピのとおりアズキをお砂糖と煮詰めましたよ。お嬢様」

昨日、トージューローさんにヒノシマ菓子の本に載っていたダンゴのレシピを、こちらの言葉に訳してもらった。レシピを見ながらダンゴを作っている最中だ。

材料のコメとアズキは昨日のうちに、クリスから贈ってもらった東の国の植物の本を見ながら『創造魔法』で作っておいた。

マリーにアズキでアンコを作ってもらい、私はコメを粉状に細かく砕いている。

ダンゴの生地に使うのだ。

「ありがとう、マリー。アズキを冷ましてくれる」

「畏まりました」

『風魔法』でアズキを冷ますマリーを見て、風属性は便利だなと思う。

「レオン、水を少しずつ加えながら、小麦粉とコメの粉を混ぜて練ってくれる？」

「分かった」

少年姿のレオンは器用に片手で水を加えながら、片手で生地を練っている。

「できたぞ」

生地はダマになることなく、きれいに練れたようだ。

「この生地をこれくらいに丸めてくれる？」

お手本に一つ作ってみる。

「まるごと使うのではないのか？」

「小さな玉にして串に刺すみたい」

アズキを冷まし終えたマリーにも手伝ってもらって、ちまちまと三人で生地を丸めていく。

その間に鍋にお湯を沸かしておくことにした。

「お湯が沸いたら、丸めた生地を茹でて、浮いてきたら鍋から取り出すの」

沸かした湯に丸めた生地を入れる係は私がやって、浮いてきた玉を掬う係はレオンがやる。仕上げのダンゴ玉を串に刺す係はマリーがやってくれた。流れ作業でひたすらダンゴ作りをする。

「あとは冷ましたアンコをダンゴの上にのせたら完成よ」

できあがったダンゴはレシピに載っていたイラストと同じだ。

試しに一つずつ三人で味見をする。

「このアズキのつぶつぶ感がなんともいえないわ。甘くて美味しい！」

「ダンゴ玉がもちもちしていて、食感がいいですわね」

「初めて味わう菓子だ。これがヒノシマ菓子か！」

もう一つとダンゴに伸ばすレオンの手をパシっと叩く。

「あとは告白の時用のお茶菓子にするのだから、これ以上はダメよ」

「むう。あと一つくらいよいではないか」

トージューローさんのお気に召すといいのだけれど……。

「リオ、緊張しているのか？」

「それは……緊張するわよ。信じてもらえるか分からないし」

「納得していただくまで私も援護いたします」

マリーがそっと手を握ってくれる。

「ありがとう。よろしくね、マリー」

「我もついておる」

小さな獣姿に戻ると、レオンはぴょんと私の肩に乗ってくる。

頬にふわふわの毛並みがあたって心地いい。

「ところでレオン。どうしてクリスやトージューローさんまで同席させるの？」

「おまえの味方は一人でも多い方が良いからな」

「王女殿下はともかく、トージューロー様はまだ会ったばかりではないですか？　大丈夫なのですか？」

マリーが心配するように問いかける。レオンは力強く頷く。

「小童の桐十院家とグランドール侯爵家は深い縁があるのだ」

え？　そうなの？　そういえば、トージューローさんも、お兄様と私のセカンドネームはヒノシマグニの名前だって言っていたわ。

詳しいことはレオンが告白の時に説明してくれるのだろう。

まずは家族を納得させることが先決だ。

午前中にクリスがタウンハウスに訪れてきたので、応接間に通す。

今日は伯父様付きではない。護衛の騎士は馬車で待たせてあるとのことだ。

「あらためて話があると言っていたね、リオ。そのうち話すと言っていたことかな？」

応接間にはお父様、お母様、お兄様、マリー、クリス、トージューローさんに集まってもらった。

「そうなの、お父様。みんなも聞いてくれる？」

「もちろんよ。でもどうして初対面のトージューローまでいるのよ？」

トージューローさんは壁にもたれかかって、静かに佇んでいた。

あらためて見ると、なかなか端整で精悍な顔立ちだ。

「俺だって遠慮したんだぜ。でもダンゴを食べさせてくれるって言ったからな」

「遠慮する柄には見えないわ」

「王女様でなかったら、ぶっ飛ばして差し上げるところだぜ」

一応、敬語を使っている。間違った敬語だけれど……。

「それでは語り始めるわね」

「待て、リオ。桐十院の小童は『結界魔法』が使えるな。この部屋に結界を張れ」

家族の前でレオンがしゃべった！

「レオンちゃんがしゃべった？」

お母様が驚いている。それはそうだろう。

今まで家族の前では、ナァ～ンとしか鳴いていなかったからね。

「『結界魔法』ほど高度な魔法ではないぞ。でも『符術結界』ならできる」

『符術結界』って何？　それもロストマジックなのかしら？

「おい、連れてきてやったぜ。ピンポロリン」

何もない空間から時の神様ともう一人誰かが飛び出してくる。

華麗に着地したのは執事長だった。

「いやはや……驚きました。ピンポロリン」

うつっている！　執事長、時の神様の口ぐせがうつっているわよ！

「執事長⁉」

「お父様⁉」

マリーも同時に驚く。

「これはいったい……」

お父様が戸惑いながら口を開きかけた時、レオンが獅子の姿になり、一同を制する。

「落ち着け。順に説明をする。小童、結界を張れ」

「その前にわたくしたちも混ぜるのじゃ！」

フレア様！　それにダーク様、トルカ様が時の神様の空間から次々と出てくる。

最後に現れたのは……え！　ローラともう一人は誰？

「よう、ライルじゃねえか！」

「なんだ。彦獅朗もいるじゃんよ」

トージューローさんは知り合いなのかしら？

水色の髪と瞳の爽やかな青年はライル様というのね。

フレア様からいただいたブレスレットでトージューローさんを鑑定してみる。

結果は「魔法属性：風、結界魔法？」と出た。『結界魔法』に？　がついている。『符術結界』って言っていたからね。

「あなた方はいったいどなたなのですか？」

お母様も戸惑っている。お兄様に至ってはぽかんと口を開けたままだ。

「小童、もう良いぞ。結界を張れ」

「了解した」

懐から変わった文字が書かれた紙を取り出すと宙に投げ「符術結界！　風陣壁！」と詠唱する。

ひゅうと風が唸ると応接間の周りだけ空気が変わる。

「風の結界!?　初めて見たわ！」

クリスが驚愕の表情を浮かべている。知識として知っていたようだ。

「まずは自己紹介からだな。我は森の神レオン。この国の守護神の一柱だ」

「わたくしは光の女神フレアなのじゃ！　こちらは弟神で闇の神ダークなのじゃ！」

ダーク様はマリーの方に移動する。マリーがお気に入りだからね。

「儂は水の神トルカぞぞ」

水の亀様……トルカ様ものそのそとマリーの方に歩いていく。

「私は火の女神ローラですわ」

ローラ……いえローラ様は神様だったのね。

レオンが人間の世界にも、ふらふらしている神様がいるって言っていたけれど、ローラ様のことだったのね。前にローラ様を鑑定した時は「魔法属性：火」という結果が出た。神様は「鑑定不可能」なはず。人間として暮らしているから偽装していたということかしら？

「俺は風の神ライル。そこの彦獅朗は俺の眷属じゃんよ。安心するじゃんよ」

壁にもたれかかったトージューローさんに目を向けると、肩をすくめる。

ライル様は風の神様なのね。そして、トージューローさんはライル様の眷属なのか。どうりで親し気なわけだ。

「ライルから声をかけてきたんだ。眷属にならないかとな。で、名前をつけろっていうから、ポチとかコロとかいろいろ提案をしたんだぜ。でも、どれも気に入らねえってことでライルになったんだ。面倒くせえ」

それは気に入らないだろう。なんかペット的な名前の感じがする。

「俺が時の神だ。ピンポロリン」

神様が勢ぞろい？　あれ？　土の神様は？

「すごい！　神様って本当にいたのね。もふもふ君も神様だったの！　これからはもふ神様って呼ぶわ」

初めて私がレオンに会った時と同じことを言っている。

クリスが滅茶苦茶はしゃいでいる。神様相手に物怖じしていない。

さすがは王女様というべきか。

「……呼ばなくてよい。今までどおりレオンで構わぬ」

「もふ神様……可愛い響きよね」

もふもふした神様。略してもふ神様。悪くないと思う。

「リオは好きに呼べばよいぞ」

最初はもっとマシな呼び方はないのか？　と言っていたのに。実は気に入っていたのかしら？

「恐れながら、神々方。なぜ私たちの前に顕現されたのでしょうか？」

お父様が恐る恐る訊ねる。

神様たちが顕現（けんげん）したことで、人間サイドは一部を除いて呆気にとられていたようだ。

「順を追って話そう。まずはリオの話から聞くがよい」

レオンに促され、頷く。

息を深く吸いこんで、一昨日レオンたちに語ったことと同じ話をした。

ただし、メアリーアンのことは隠す。

二年後に生まれてくるのだから、楽しみはとっておかないといけない。

私が前世の話をしている最中は、皆静かに聴いてくれていた。

語り終えて一同を見渡すと、皆涙を流している。神様サイドと人間サイド両方だ。

レオンとマリー、フレア様とダーク様は一度同じ話を聞いているにもかかわらず、また泣いている。

「よく……話してくれたね。今までつらかっただろう？」

お父様が顔をくしゃくしゃにして泣いている。美形が台無しだ。

「信じてくれるの？」

「当たり前でしょう！　我が子のことを疑う親がいるわけがないわ。それで王太子殿下が苦手だったのね。ごめんなさい、リオ」

お母様、化粧が崩れていいます。化粧しなくてもお母様は美人だけれどね。

「僕はリオを守れなかったのだね」

「ジーク様だけではないわ！　わたくしもよ。その場にいながら貴女を守れなかったなんて！」

「お兄様……クリス……そんなことはないわ！　二人だけが私を庇ってくれたのよ。卒業パーティーの会場は魔法阻害されていたの」

卒業パーティーの会場は何者かが魔法阻害をしていたのだ。

私も二人を助けようと魔法を発動させようとしたが、魔法を使うことができなかった。

「俺の弟子は不甲斐ない。これからはビシビシ鍛えるからな」

「師匠が悪いからじゃんよ。前世の彦獅朗はいい加減だったじゃんよ」

ライル様とトージューローさんは壁に顔を向けている。

肩が震えているから、泣き顔を隠しているのかもしれない。

「フレアが手抜きしたからいけないのよ。神が直接魔法を授けた人間には、魔法阻害は効かないとリオに説明しなかったでしょう？　リオが認識していなければ、魔法阻害を跳ね返すことができないのよ」

ローラ様の意外な言葉を聞き逃さなかった。神様に直接魔法を授けてもらった人間には、魔法阻害が効かないのか。前世では魔法属性判定の時に『光魔法』が使えることが分かった。おそらく生まれた時にフレア様がこっそり授けにきたのかもしれない。

「わたくしがいけないのじゃ！　すまなかったのじゃ！　リオ！　リオが生まれた時にこっそり授けるのはまずかったのじゃ！」

やはり生まれた時に授けてくれたらしい。

確かに今世でも魔法阻害を跳ね返す方法は教わっていないが、レオンも教えてくれなかったので、レオンも同罪だ。

「フレア様のせいではありません。どうか泣き止んでくださいませ」

ハンカチをフレア様に差し出す。

そして、執事長とマリーから何やら怪しげな会話が聞こえてくる。

「マリー、おまえはキャンベル男爵家に行って令嬢を毒殺するのだ。私は王太子殿下を毒殺してくる」

「分かりました。お父様」

「執事長！　マリー！　ダメよ！」

先ほどまで泣き顔だったのに、暗殺者の顔になっている⁉

「今のうちに元凶(げんきょう)を消しておけば、お嬢様は今後穏やかに暮らすことができるのです」

「まあ、待て。そのために我ら神が顕現したのだ」

レオンが止めてくれた。でも、どういうことかしら？

「リオ、シャルロッテを鑑定したか？」

「ええ。結果は『無属性』だったけれど、なぜか変な記号がついていたわ」

（∞）と紙に書いて見せる。

「リオも鑑定眼を持っているの？」

「いいえ。このブレスレットのおかげなの」

フレア様から贈り物としていただいたとクリスに説明する。

「わたくしも鑑定できるといいのだけれど」

「お前は『探知』スキルを持っているだろう？」

レオンの言葉に反応したのは、トージューローさんだった。

「なんだ。クリス姫さんは『探知』スキル持ちなのか。だったら触覚から視覚にスキルを移動すれば鑑定できるぞ」

「どうやってやるのよ？　そんな器用なこと」

呼び方がお嬢ちゃんから姫さんに変わっている。

「食べ放題パスポートをもらったし、特別に教えてやるよ」

「え！　本当？　貴方も『鑑定』か『探知』スキル持ちなの？」

「俺は味覚が発達しているんだ。『食通』という」

だから、甘いもの好きなのかしら？　食物に関してはこだわりがありそうだもの。

「話を続けるぞ。その記号は『禁断魔法』を意味するものだ」

「『禁断魔法』って何？」

再びレオンの話が始まると、聞いたこともない魔法の名前が出てくる。『禁断魔法』はロストマジックで、名のとおり禁じられた魔法だそうだ。

今は失われたので、持っている者はいないが、遥か昔は『禁断魔法』を持つ者がはびこり、この世界を暗黒時代に変えてしまった。

愛すべき人間の悪しき様を嘆いた創世の神が『禁断魔法』を無効化したという。

だが、全ての『禁断魔法』を無効化できたわけではない。

「ロストマジックだが、シャルロッテが持っているのは厄介な魔法なのだ。身につけた一族に遺伝する。ただし『無属性』の者に限るがな」

「シャルロッテの先祖が『禁断魔法』を持っていたということ？」

シャルロッテの生家キャンベル家は無効化から逃れた一族だという。

「そうだ。『禁断魔法』の中でも邪悪な魔法で『略奪魔法』という」

『略奪魔法』は遺伝した者だけに使える魔法で、気に入った魔法を持ち主から略奪して、自分のものにしてしまうという。

それが本当なら前世でシャルロッテは元から『無属性』で誰かから『光魔法』を奪ったということになる。

「それだけではない。『魔性の魅惑』というスキルも持っている。異性にしか使えないものだ」

人の心をひきつけ、理性を失わせてしまうスキルだ。

「しかし、リオの話を聞く限り、僕にはそのスキルは通じていなかったことになります」

確かにお兄様は王太子殿下やご友人たちとは違って、シャルロッテには目もくれなかった。

「それは桐十院の小童がジークに秘術を授けたか、グランドール家に流れる桐十院家の血が阻んだのだろう」

「え！　我が家とトージューロー様は親戚なの？」

レオンがトージューローさんに目を向ける。

「お主は知っておるのではないか？」

「いや。うちのご先祖が遥か昔に大陸に渡って、この国の貴族のお姫様と結婚したとかなんとか、じいさんから聞いたことはある。だが、この家とは思わなかったな」

なんですと!?　まさかのヒノシマグニとのつながりが判明した！

「トージューロー様の家の血が阻んだってどういうことなの？」

「桐十院家はヒノシマ国の国主なのだ。神の一族と伝えられている。邪悪な者の力を阻む秘術を持っているのだ」

「トージューローはヒノシマ国の王子ってことなの？　全然見えないわ」

クリスがトージューローさんを指差して失礼なことを言っている。

「悪かったな。俺は四男坊だから自由なんだよ。クリス姫さんも姫様らしくないから、お互い様だ」

お互いにふんと顔を背けている。

「シャルロッテが『無属性』のまま何もしないで一生を過ごせばよいが、前世と同じことを繰り返せば、我ら神は黙っているわけにはいかぬ」

「『禁断魔法』は絶やさねばならぬのじゃ。だが、神が人間を殺すことは禁じられておるのじゃ」

そのわりにはこの間、レオンは殺る気満々だった。

「そこで提案がある。神と人間の力を合わせて悲劇を回避するのだ」

レオンに全員の視線が集まった。

シャルロッテが『禁断魔法』に目覚める可能性は極めて高いそうだ。

神様会議で談義した結果、彼女の代で『禁断魔法』を絶やすことにしたとレオンが説明する。

ただ、神が直接手を下すのは危険だそうだ。シャルロッテの魔力量が極めて多い場合は、神の能力さえも略奪されかねない。人間の協力が不可欠とのことだ。

「同じ『禁断魔法』である『魔法無効化』を持つ者が存在すればよいのだが、現段階ではおらぬからな」

「『魔法無効化』というのも、遺伝する魔法なの？」

レオンは首を横に振る。

「遺伝ではなく、生まれ変わりだ。創世の神が『禁断魔法』を無効化したと言ったであろう。神が人を殺すことは禁じられておる。そこで創世の神自ら人間に転化して『禁断魔法』を無効化したのだ」

「人間に転化する⁉　神様はそんなことができるの？」

「好んで転化する神はあまりいないが、土の神が人間として転化しておる。おかげで我が土属性を兼任（けんにん）しているのだ」

ふうとため息を吐く。そうだったのか！　レオンが土属性も兼任しているのね。

「引きこもっていた割には、仕事はしっかりしていたのね。律儀（りちぎ）な貴方らしいわ」

ローラが意地悪そうに微笑む。

「当たり前だ。我が監視を怠（おこた）れば土属性を持つ人間たちの魔力制御ができなくなる」

「もふもふ君が土の神を兼任していたのね。では私の魔力はもふもふ君が授けてくれたのね」

「我自らが与えたわけではない。人間が生まれ落ちた瞬間に与えられる魔力はランダムだ」

そうだったのか。

「あれ？　でも私の『光魔法』はフレア様が自ら授けてくださったと申しておりました」

「それは光と闇の属性だけは神自らが授けに行くものなの。でも光と闇の属性を持つ人間が少ないのは、フレアとダークがものぐさだからよ」

ローラがじろりとフレア様とダーク様を睨む。

「む！　それは仕方がないのじゃ。わたくしの属性を悪用した輩（やから）が昔おったので、人間不信になったのじゃ！」

「俺は姉ちゃんを傷つけた人間が嫌いだった。今は好きな人間ができたけれどな」

ダーク様の好きな人間ってマリーのことね。

それにしても、フレア様の力を悪用するなんて許せない。

「はい！　質問です。時の神様の属性は聞いたことがないわ」

クリスが手を挙げて質問をする。

「俺の魔法は特殊だ。次元を超える魔力量を有する人間は今まで一人しかいなかった。ピンポロリン」

「どういった類のものなの？」

「『空間魔法』や『転移魔法』だな。ピンポロリン」

『転移魔法』？　マリオンさんだ⁉　そんなに膨大な魔力量を有していたのなら、近隣の国に狙われるはずだ。主に軍事目的だろう。

「前世と同じことを繰り返さないためには、信じられる人間を協力者にする必要がある。ゆえにグランドール侯爵家の者以外にも王女の小娘と桐十院家の小童の協力が必要だ」

「グランドール侯爵家と親戚筋のトージューローはともかく、私は王太子の妹よ。信じられるの？」

ふむとレオンが思案した後、くいと前足をあげてクリスを指す。

「これは例えだが……リオと王太子の小僧が崖から落ちそうになっている。二人は必死に崖っぷちに掴まっていたとしよう。どちらを先に助ける？」

「リオに決まっているでしょう」

即答だ。そんな状況にはならないだろうけれど、クリスの答えは嬉しかった。

「おいおい。兄ちゃんを見捨てるのか？　冷たい妹だな」

トージューローさんは呆れた声だ。

「それは二人とも助けられるのであれば、そうするわよ。でもどちらかを助けなければいけないのならば、自国の民を助けるわ。民あっての国なのよ」

ぴゅうと口笛を吹くトージューローさんだ。

これは感心した時の彼のくせらしい。前世でもそうだった。

「お兄様は王族で王太子よ。『王族たるもの、いかなる時も民を優先すべし！』これはフィンダリア王家の家訓よ」

そんな家訓が王家にあったのか。知らなかった。

「やはりな。王にふさわしい器の持ち主だ。フィンダリアの王女クリスティーナよ。前世と同じように王太子が愚かなことをするようであれば……」

「分かっているわ。兄を廃嫡し、わたくしが女王となります」

レオンの問いかけにクリスは高らかに女王になることを宣言する。

クリスの答えに満足したらしいレオンは頷く。

「グランドール侯爵家の者たちよ。そしてクリスティーナ王女。桐十院彦獅朗。どうか我らに力を貸してほしい」

「もちろんよ！　私がリオを助ける！」

「神様の頼みでは断れないだろう」

クリスとトージューローさんは最初に同意をしてくれた。

「私たちに異論があるはずもございません。真実を知り、娘に前世と同じ道を歩ませようとする親がどこにおりましょう？　神々方、私たちは全力で挑みましょう」

お父様の言葉にお母様とお兄様、執事長とマリーは同意するように頷く。

「よくぞ、言った！　皆にはグランドール領に戻り次第、神の試練を受けてもらう」

「レオン、神の試練って何をするの？」

「それは受けてからのお楽しみだ」

何か怖いです。レオン、悪い顔をしているわよ。

話が纏まったと思っていいかな？

「一段落したところで、お茶にしましょう。ヒノシマ菓子を作ってみたの。神様方もよろしければ、お召し上がりくださいませ」

「おお！　団子を作ったのか？　早く食わせてくれ！」

ヒノシマ菓子と聞いて落ち着きがないトージューローさんだ。

「私たちはお茶の用意をしてまいりましょう。マリー、行くぞ」

「はい。執事長」

トージューローさんが結界を解いた後、執事長とマリーは厨房に向かう。

レオンは小さな獣の姿に戻ると、私の膝にぴょんと飛び乗る。他の神様たちもそれぞれ獣の姿になっていた。クリスは喜んでもふもふしに行っている。不敬かもしれないが、この国の神様たちは寛大だ。気にしないだろう。お母様の手もわきわきしていた。

「リオ、お前は復讐を望まぬと言ったが、同じことが起こった場合はどうする？」

「戦うわ！」

「それで良い」

満足そうに目を細めると、頬をすりすりとしてくる。レオンの体温は心地よく、落ち着く。

「皆様、お茶とダンゴをお持ちいたしました」

厨房から戻ってきた執事長とマリーの手には、ヒノシマグニのお茶とダンゴが載っていた。

ヒノシマグニのお茶は紅茶とは焙煎(ばいせん)方法が違うらしい。色は緑色だが、香ばしい匂いがした。

トージューローさんが持参した茶葉を使わせてもらったのだ。

待っていましたとばかりにテーブルに群がる。豪快にダンゴにかぶりついたトージューローさんはくうと唸る。

「美味い！　ユリエは料理上手だな。嫁に来ないか？」

「『リオは渡さん！』」

思わぬトージューローさんのプロポーズに、レオンとお父様の言葉が重なる。

「あら？　本当に美味しいわ。リオは料理が上手なのね。刺繍のセンスは悪いのにね」

「お母様、ローラに教えてもらって、最近は刺繍が上達したのよ」

ポケットからハンカチを取り出して見せると「まあまあね」と言ってくれた。

お母様の腕には、まだまだかなわない。

「うん！　美味しいよ。リオのお弁当が食べてみたいな」

今度、お兄様がトージューローさんと稽古している時に作ってあげることにしよう。

「んん。最高よ！　リオ、わたくしにもお菓子の作り方を教えてね」

「ええ！　ヒノシマ菓子のレシピを順に作ってみようと思うの。クリスも手伝ってね」

神様たちも美味しそうにダンゴを味わってくれているようだ。皆様、笑顔だもの。

途中からダンゴパーティーからもふもふパーティーに変わる。もふもふを前に我慢できなくなった女性陣が、示し合わせたように猫姿の神様たちをもふりだした。

神様たちは嬉しそうに尻尾を揺らしてされるがままだ。

ここは猫カフェなの？

あらためて、前世の話をしてよかったと思う。

こんなに素敵な人たちや神様方に巡りあえたのだ。

何よりレオンと出会えたことが私にとって、人生最大の宝物になるだろう。

閑話　ある少女二人の思惑

お父様は優しい。私が望めばなんでも言うことを聞いてくれるし、欲しいものは買ってくれる。

我が家の男性使用人も私にとても優しいの。

でも、お母様は厳しいのよね。なぜかしら？　一人娘が可愛くないのかしら？

「貴方はあの娘に甘すぎます！　おかげでわがままに育ってしまったわ。淑女教育をさぼって一日中遊んでばかりです」

「子供のうちは自由にさせてやりなさい。のびのびと育ってほしいからね」

両親はこういう言い合いをよくしている。

お父様の言うことが正しいと思うわ。淑女教育なんて社交界デビュー前に頑張ればいいと思うの。


ある日、王太子殿下が我が家を訪問してきた。

お伽話（とぎばなし）に出てくるような金髪に青い瞳の素敵な王子様だ。

こういう人と結婚したいと思った。結婚相手は見映えのする容姿の男性がいい。

何より王子様と結婚すれば一生幸福に暮らせる。どのお伽話の女の子も王子様と結婚して、一生幸福に暮らしましたって締めくくられているでしょう。

「ごきげんよう。君がここのご令嬢だね？」

にっこりと笑顔で話しかけてくる王太子殿下に見惚れていると、お母様につつかれた。

慌ててカーテシーをしてご挨拶をする。

王太子殿下はしばらく私をじっと見つめると、首を傾げる。どうしたのかしら？

その日は我が家に泊まることになった王太子殿下と晩餐をともにすることになった。

どんなお話を王太子殿下にすれば、楽しんでいただけるかしら？　と考え事をしていた私の耳にカシャンという高い金属音が響く。

私がフォークを落とした音だった。

「申し訳ございません！　王太子殿下。娘がとんだ無作法をいたしました。きっと緊張しているのですわ」

咄嗟にお母様が言い訳をする。緊張はしていないわ。考え事をしていただけよ。

「貴女も謝罪をしなさい！」

「あ、申し訳ございません。王太子殿下」

天使のような笑顔で王太子殿下は微笑む。

「いつもどおりにしていて構わないよ。夫人もあまり叱らないであげてください」

王太子殿下は優しい。お父様と同じだ。きっと私の望みを叶えてくれるのではないのかしら？

翌日、王太子殿下をお見送りした後、お父様におねだりをする。

「お父様。私、王太子殿下のお嫁さんになりたいわ！」

お父様はう～んと唸る。

「我が家の家格では王家に嫁すのは難しいな。お前が光か闇魔法の属性持ちか、複数の属性持ちならば、話は別だけれどね」

「まずは淑女教育をしっかりこなすことね。人前でフォークを落とすようでは、王太子殿下の妃どころか貴族へお嫁入りすることも難しいわ」

「淑女教育をしっかり受ければ、王太子殿下のお目にとまるのかしら？」

ふうとお母様はため息を吐く。

「貴女は器量が悪くないし、誰よりも優雅な身のこなしをすれば、或いはお目にとまることもあるかもしれないわね」

それならば、淑女教育を頑張ろう。それに魔法属性判定もきっと私の属性は光か闇属性よ。だって物語の主人公は必ず困難をのりこえて、王子様と結ばれているもの。

魔法属性判定の時が今から楽しみだわ。

◇◇◇

『彼女はまた同じ道を歩もうとしている。このままではきっとまた同じことが起きるだろう。どうすればいい？　そうだ！　生まれ変わりであるあの娘に呼びかけよう』

大切な人を助けることができなかった。

光の帯に流されながら、後悔の念に捕らわれていた私の耳に声が響く。

『もう一度、やり直しをしてみたいですか?』

声が響く。どこから聞こえてくるのかしら?

『貴女の魂に呼びかけているのです』

魂に?　そうか。私は死んだのだった。

『どうですか?　もう一度、同じ人生をやり直してみたいですか?』

そんなことができるのですか?　できるのならば、やり直しをしたいです!

今度こそ大切な人を助けたい!

『貴女の望みを叶えましょう。ただし、前世の記憶を持ったままとなりますが、耐えられますか?』

耐えます!　大切なあの人のためなら、いくらだって耐えることができます!

『分かりました。貴女の覚悟はしかと受け取りました』

あなたはどなたなのですか?

『私は……です。貴女は私の生まれ変わりです』

瞬間、光の帯の流れから抜け出した。

番外編
もふっと神様会議

『神殿』といえば、誰もが神々が住まう場所として、神聖で荘厳な佇まいというイメージを持っているだろう。

ところが、フィンダリア王国の守護神の一柱である光の女神フレアの神殿は違う。

白亜の壁に緑の瓦の三角屋根とレンガで造られた煙突。

こぢんまりとした二階建ての家はお伽話に出てきそうな何ともメルヘンチックな建物である。

今日はフィンダリア王国の守護神たちが一堂に会しての会議の日だ。

会場は光の女神フレアの神殿である。

神の世界である神界に転移してきた神々は、フレアの神殿に続々と集まってきた。

「この世界に来るのは二百年ぶりだな」

森の神レオンは用意された席に座る。

「どうでも良いが、なぜドレスコードが『もふもふ』なのだ？」

「久しぶりに皆が集まるのじゃ。どうせなら可愛いドレスコードがよいのじゃ」

本日の主催である光の女神フレアが器用に片手をくいと上げるとピンクの肉球が覗く。

金色がかった毛並の猫姿のフレアは最上部の席にいる。

ちなみに用意された席はキャットタワー仕様になっている。

材質にこだわったのか座り心地はいい。うっかりうたた寝をしてしまいそうだとレオンは思う。

「レオンはいいわよね。普段の姿のままなのですもの」

赤い毛並の勝気な瞳をした猫がレオンに向かって、ふんと鼻を鳴らす。火の女神ローラが変身した姿である。

「リオが好きな姿だからな」

レオンはいつもの白銀の毛並にオッドアイの猫姿だ。

時の神にここまで送ってきてもらった時は獅子の姿だったが、大型の獅子姿ではキャットタワーに座ることができなかった。

仕方なく小さな獣姿に変身したのだ。

「マリーが猫好きだというから、俺も猫姿になってみたぞ」

暗闇に溶け込みそうな黒い猫姿は闇の神ダークだ。

光の女神フレアの弟神であるダークは姉と一緒の神殿に住んでいる。

光の神と闇の神は表裏一体だからだ。

「『もふもふ』というと犬か猫じゃんよ。皆、猫姿だから俺も猫姿にしてみたじゃんよ」

青みがかったグレーの猫は風の神ライルだ。

今回の会議を開催するにあたり、自由気ままなライルを見つけるのは一苦労だったと時の神が語っていた。

「水の神の翁を連れてきたぞ。これで最後だ。ピンポロリン」

何もない空間から小さな黒いドラゴンが白く長いひげを蓄えた亀を抱えて現れる。

ドラゴンは時の神。亀は水の神トルカだ。

「時の神と水の神の翁は『もふもふ』じゃないじゃんよ」

ライルが鋭い爪を時の神と水の神トルカに向けて、シャーと牙を剥く。

「俺は元の姿がドラゴンなんだ。ピンポロリン」

神は特定の姿を持たない。各々好きな姿に変身することができるが、例外もある。

時の神がまさしくそれだ。

「儂はずっと亀の姿でいたので、他の姿に変身することを忘れてしまったのだぞぞぞ」

しかし、よく見ると彼らの首には白いもふもふマフラーが巻かれている。

「マフラーが『もふもふ』しておるから、よしとするのじゃ！」

フレアの許可を得た時の神とトルカは互いに微笑み合う。

だが、マフラーを見たレオンははっとする。

「そのマフラーの材料はもしや……」

「おう。レオンの毛だ。ピンポロリン」

「マリーが作ってくれたのだぞぞぞ」

レオンの毛はリオの専属侍女であるマリーが毎日手入れをしている。マリーはトルカの眷属なので、水属性の上位魔法である『浄化魔法』を使えるのだ。

マリーは魔法の応用が上手い。

職業柄からか主に洗濯や掃除など生活に関するものに特化しているが……。『浄化魔法』を付与したブラシで手入れされたレオンの毛は艶やかで上質なものだ。レオンはただの猫ではなく、神なので抜け毛は少ない。

しかし、わずかに抜けた毛をマリーは密かに集めていたようだ。

「そのマフラーいいわね。商品化したら貴族の御婦人方に売れそうだわ」

「我をハゲさせる気か？」

ローラは普段、人間の世界で人として生活をしている。

服飾関係の店を経営しているのだが、王侯貴族から民衆まで幅広く人気があるらしい。

「どうせすぐに生え変わるでしょう？」

ぐぬうと唸って頭を抱えるレオンだ。

ローラは本当にやりかねない。商品化されたら、大量の毛を必要とする。レオンは一日で丸裸だ。しかも大量受注があれば、しばらくレオンは毎日毛刈りをされることになるだろう。

商品化は断固阻止しようと決意したレオンである。

「皆揃ったところで会議を開催するのじゃ。議題は『禁断魔法』についてじゃ」

フレアの言葉に一同は息を飲む。自分の方へ顔を向けたフレアにレオンは頷く。

「我から説明する。単刀直入に言おう。『禁断魔法』を持つ者が現れた。それも『略奪魔法』だ」

レオンは王都でシャルロッテを見かけた際、リオと同じく彼女を鑑定していた。

リオが鑑定できたのは『無属性（∞）』までだったが、レオンが持つ神眼は（∞）の詳細まで鑑定することができたのだ。

会議開催前にフレアとダークには『禁断魔法』のことを告げてあった。

光と闇の姉弟神以外に事情を知らない神々へリオが時を戻ってきたこと、シャルロッテを偶然見かけたところまでかいつまんで説明をする。

真っ先に反応したのはローラだ。

「厄介な遺伝性の魔法じゃない。キャンベル男爵家はうちの上得意様だけれど、私はあそこの令嬢を鑑定したことがないから分からなかったわ」

『サンドリヨン』を気に入っているシャルロッテは、来店する度にドレスやアクセサリーを父親にねだり購入していく。娘を溺愛している男爵はシャルロッテが欲しがるままに買い与える。

決して安くないドレスやアクセサリーをぽんぽんと買えるのは、キャンベル男爵家が豪商で裕福だからだ。

「そういえば輪廻の帯をメンテナンスしながら調べていったら、意外なことが分かったぜ。ピンポロリン」

時の神はリオが時を戻ったという話を聞いてから、輪廻の帯を丹念に調べていたのだ。

リオが落ちたという綻び以外にもう二つ綻びが発見されたという。

一つはリオと同じ時間軸、もう一つは今から二年後だというのだ。

「綻びは自然にできたものじゃない。意図的に開けられたものだ。ピンポロリン」

メンテナンス不足ではないということをアピールしたかった時の神だが、他の神々が驚愕したのは別のことだった。

「まさかなのじゃ！　輪廻の帯に干渉できる者といえば……」

「代々の時の神か創世の神だけだな」

輪廻の帯の綻びに落ちた者が誰なのか？　神々はそれぞれ推測をする。

「リオと同じ時期に綻びへ落ちた者は、リオと同時期に亡くなった者と考えた方がよいのじゃ？」

「そうなると、グランドール侯爵家の誰かということになるわ」

「しかし、リオの家族にはそれらしい素振りを見せる者はいなかった。使用人もだ」

グランドール侯爵家でリオと暮らし始めてから、レオンは家族にも前世の記憶持ちがいるかもしれないという可能性を考えた。前世の記憶を持っていれば、不自然な行動が出るはずだ。

例えば王太子が訪問してきた時にリオを王太子と会わせない対策をとるなど。

だが、グランドール侯爵家の者はごく自然に王太子を迎えた。

「不自然といえば、王太子の小僧はグランドール侯爵家を訪問した際、何やら探っておるようだったな」

「じゃあ、王太子で決まりじゃんよ」

ライルは早めに会議を終わらせて、再び自由気ままに旅をしたいらしい。

しっぽが左右にぶんぶんと揺れている。帰りたいという気持ちが手にとるように分かる仕草だ。

「まあ待つのだぞぞ。結論を出すには早いのだぞぞ。『禁断魔法』を持つ娘の可能性もあるのだぞぞ」

「創世の神という可能性もあるな」

創世の神は常に人間として生まれ変わっている。『禁断魔法』が絶えるまで永遠に生まれ変わり続けるのだ。

ただ、必ず神としての記憶を持ったまま生まれ変わるとは限らない。『禁断魔法』が発動された場合のみに記憶が甦（よみがえ）るのだ。

だが、数えきれないほど生まれ変わっているので、『禁断魔法』が発動されても記憶が甦るまで遅れることがあると、何代か前の創世の神の生まれ変わりが語っていたことをレオンは思い出す。

「二年後の綻びに落ちたかもしれないじゃんよ」

「その可能性もあるな。創世の神が生まれ変わっていれば『禁断魔法』の対抗策ができる」

創世の神が持っている魔法も『禁断魔法』の一つだ。

『禁断魔法』を無効化するためだけの魔法。

「現段階では推測にすぎぬのじゃ。『禁断魔法』を持つ者が現れたのであれば、今のところはわたくしたちでなんとかするしかないのじゃ！」

「発動前に神が手を出すのは危険だわ。シャルロッテ・キャンベルの魔力量が高い場合は神の力さえも略奪される可能性があるのよ」

『略奪魔法』は己の欲しい魔法を奪うことができる。『略奪魔法』を行使する者の魔力量にもよるが、魔力量が極端に低くてもある代償を払うことによって、必ず手に入れることが可能なのだ。

厄介な魔法なうえに遺伝していくという特性がある。ただし、『無属性』の者に限るが……。

「ローラの言うとおり、神だけで挑むのは危険だ。危険な目に遭わせたくはないが、グランドール侯爵家の者たちの力を借りようと考えておる」

「リオに再び苦難（くなん）の道を歩かせるのか？」

ダークの言葉に苦悶（くもん）の表情を浮かべるレオンだ。

今世では穏やかに暮らしたいと言っていたリオの願いを叶えてやりたかった。レオンにとってリオはかけがえのない存在なのだ。

――だが。

「グランドール侯爵家の者は魔力量がずば抜けて高い。マリオンの子孫だからな」

マリオン・リリエ・グランドール。二百年前のグランドール侯爵家の女当主だった彼女は神々にとってかけがえのない友人だった。神に近い魂の輝きを持った美しい人間だった。

マリオンの命が消えた時、神々は嘆いた。

特に彼女を愛し、自分の伴侶『神の花嫁』になるはずだったマリオンを失ったレオンの悲しみは深く、グランドール領を瘴気の森に変えてしまったのだ。

「確かに『禁断魔法』に対抗するには、あの一族の血は有効かもしれないわね」

「それにあと何人か協力者になりそうな者を見つけた。彼らにも声をかけようと思う」

先日、レオンは意外な人物に出会った。グランドール侯爵家とは縁が深い家の者だ。遠い東の国からやってきた『風の剣聖』桐十院彦獅朗。彼の実家である桐十院家の血が『禁断魔法』を阻む。

そして桐十院家の血はグランドール侯爵家にも流れている。遥か昔、この国にやってきた桐十院家の先祖がグランドール侯爵家の娘と婚姻を結んだからだ。

「グランドール侯爵家の者には、いつ話をするのじゃ？」

「早い方がよかろう。明日決行する。皆、予定を空けておけ」

快く頷く者、仕方がないと頷く者。反応は様々だが、神々の意見はまとまったようだ。

「それでは神と人間が協力して『禁断魔法』が発動するのを阻止するということでよいのじゃ？」

主催者のフレアがまとめる。実際に会議を進行していたのはレオンだが……。

「ということで二次会なのじゃ！　宴じゃ！　酒宴じゃ！」

「何が……ということなのだ！　我は帰るぞ。リオの帰りを待つのだ」

リオは今日フィンダリア王国第一王女クリスティーナと遊びに出かけている。

王宮で開かれたお茶会で前世でも親友だった王女と今世でも友人になれたと喜んでいた。

クリスティーナ王女もリオと友人になれたと喜んでいた。

虚飾(きょしょく)に彩られた世界に生きている少女たちの友情は嘘偽りのないものだ。

「王太子は傲慢で生意気よね。火の神殿に来た時に何て言ったと思う？　『俺を眷属にしろ』よ。はあ？　何言ってんの？　おととい来やがれ！　って思ったわよ」

すっかりできあがったローラが愚痴を言い始めた。他の神たちもそれぞれ酒を楽しんでいる。

レオンもやれやれと注がれた酒を飲み始めた。

夕刻前に帰れば、リオを迎えることができるだろう。

それにしても猫姿（ドラゴンと亀も混じっている）で酒を楽しんでいる神々の姿はシュールだ。傍目から見れば、猫が集まって会議をしているように見えるだろう。

——リオとマリーが見たら、喜びそうな風景だな。

静かに酒を嗜みながら、レオンはふっと微笑む。

「今度はリオとマリーも連れてこよう。二人とも神の眷属だからな」

ダークの言葉にレオンもそれは良い考えだと思う。

神の眷属となった者は神界に入ることが許されるのだ。

「レオン、飲んでいるのじゃ？」

一番酒癖の悪いやつがきたとレオンは顔を顰める。

「そろそろ我は帰るぞ」

「む！　わたくしも一緒に行くのじゃ！　いざリオの下へ！」

「おまえはくるな！」

「レオンはいけずなのじゃ！」

白い猫と金色の猫が猫パンチを繰り出しているのを、他の猫たちもとい神々は冷めた目でキャットタワーの上から眺めていた。

こうして『もふもふ』がドレスコードの神々の会議は「もふっと神様会議」と名付けられ、度々開催されることになる。

本書に対するご意見、ご感想をお寄せください。

あて先

〒162-8540 東京都新宿区東五軒町3-28
双葉社　モンスター文庫編集部
「雪野みゆ先生」係／「ゆき哉先生」係
もしくは monster@futabasha.co.jp まで

冤罪で処刑された侯爵令嬢は今世ではもふ神様と穏やかに過ごしたい

2020年1月19日　第1刷発行

著　者　雪野みゆ

カバーデザイン　Atsushi Sekoguchi + Eriko Maekawa(coil)

発行者　島野浩二

発行所　株式会社双葉社
〒162-8540　東京都新宿区東五軒町3番28号
[電話]　03-5261-4818（営業）　03-5261-4851（編集）
http://www.futabasha.co.jp/（双葉社の書籍・コミック・ムックが買えます）

印刷・製本所　三晃印刷株式会社

[電話]　03-5261-4822（製作部）
ISBN 978-4-575-24242-3 C0093　

Mノベルス

ヒトを勝手に参謀にするんじゃない、この覇王。

ゲーム世界に放り込まれたオタクの苦労

TSUKASA MINATOSE
港瀬つかさ
ILLUSTRATION まろ

突然、RPGゲーム世界に放り込まれたオタク女子大生・榎島未結。やり込み知識でうっかりゲームの展開を呟いたら、イケメン獅子獣人の覇王アーダルベルトに捕まって、やりたくもない参謀にされてしまい……。仕方ないから、ゲーム知識を《予言》にして、国と覇王（推し）の破滅を乗り越えよう!?
「小説家になろう」発、第七回ネット小説大賞受賞作が登場！

発行・株式会社　双葉社